Die Ballade vom Wunderkind
Carson McCullers

Barbara Landes

Die Ballade vom Wunderkind Carson McCullers

Roman

ebersbach & simon

Für meine Mutter

Take my mind, speak to it.
Take my heart, make it kind.
Take my body, use it.

Methodistisches Gebet

Morgen

Nyack, 2. Oktober 1967

Das Zimmer ist still und dunkel.

Ich sitze an Carsons Schreibtisch unter dem Lichtkegel ihrer Arbeitslampe. Neben mir steht die Schreibmaschine, die ihr Vater ihr vor fünfunddreißig Jahren geschenkt hat und in die sie ihr gesamtes Werk getippt hat. Vor mir liegt ein Stapel weißen Papiers. Ich drehe den Füllfederhalter zwischen meinen Händen.

Ida Reeder und Mary Mercer haben mich gebeten, eine kurze Rede zu halten, morgen.

»Warum ich?«, rief ich. »Sie hatte viel engere Freunde, die sie länger gekannt haben. Was ist zum Beispiel mit Tennessee?«

»Mr Williams sieht sich außerstande, bei der Gelegenheit …«

»Edwin Peacock?«

Die beiden schüttelten den Kopf.

»Oder Jordan Massee, ihr geliebter Cousin. Er und Carson waren wie Pech und Schwefel all die Jahre …«

»Ben, glaube uns«, unterbrach mich Mary sanft.

»Oder du selbst, Mary. Wahrscheinlich hat niemand auf dieser Welt sie so gut gekannt wie du. Dir hat sie alles erzählt, alles, und du hast ihr so geholfen!« Ich holte Luft. »Sogar du, Ida, wärest besser geeignet als ich. Du hast sie umhegt wie eine Mutter, seit Marguerite tot ist …«

Ich hätte noch mehr Vorschläge machen können, aber Mary legte entschieden ihre Hand an die schmale Taille, und Ida verschränkte die schwarzen Finger über ihrem Bauch.

Beide lächelten mich nachsichtig an. »Glaube uns, sie hat es so gewollt, Ben.«

Es ist mir selbstverständlich eine Ehre, allerdings eine, um die ich mich gerne gedrückt hätte. Letzte, abschließende Worte, Abschied – ich habe keine Ahnung, wie ich das hinkriegen soll. Nicht bei jemandem wie Carson.

Ich greife nach der *New York Times* vom 30. September, die neben mir auf einem Klavierstuhl liegt. Carsons Foto und ein langer Nachruf füllen die Titelseite.

Amerika hat seinen einsamen Jäger verloren.

Das ist sicher wahr. Wahrer, als die meisten wissen können. Aber was sagt es schon?

Immer, wenn jemand stirbt, scheint die Zeit stehen zu bleiben. Nach dem letzten Gehirnschlag war Carsons Zustand siebenundvierzig Tage lang ohne Hoffnung. Vor drei Tagen machte ihr Herz den letzten Schlag. Sie ist tot, nur drei Worte, aber ich kann es noch nicht begreifen.

Ich stehe auf und gehe noch mal nach unten.

Sie liegt im Wohnzimmer. Den ganzen Tag sind Besucher gekommen, berühmte und weniger berühmte, um sich von ihr zu verabschieden. Der offene Sarg schwimmt in einem Meer von Blumen. Das hätte ihr gefallen.

Ihre Stirn ist kalt und wächsern, als ich sie berühre, die Lider liegen in dunklen Falten auf den großen Augen, die spinnenhaften Finger verschränkt auf ihrer Brust. Drei Tage nach ihrem Tod ist ihr Köper, gesalbt, geschminkt und gekleidet, nichts als eine leere Hülle.

Im Arbeitszimmer ist es anders. Obwohl sie sich schon vor ein paar Jahren endgültig ins Schlafzimmer hatte umquartieren lassen, ist sie hier spürbar anwesend. Alles ist von ihrem Geruch durchdrungen, der so süß, bitter und herb ist wie eh und je. Auf einem Foto an der Wand über dem Tisch sitzen Lamar und Marguerite Smith locker untergehakt auf der Treppe vor ihrem Haus in Columbus und blicken wohlwollend herab. Verschnürte Stapel mit Briefen, auf den Kommoden, in den Schubladen, auf den Fensterbrettern, überall. Sie muss Tausende geschrieben haben. Ein Stapel ist aussortiert und thront auf dem Koffer mit der unvollendeten Autobiografie.

Ich kehre an den Schreibtisch zurück, nehme den Füller wieder zur Hand und spüre, wie warm das Blut in meinen Adern strömt.

Wenn nur auch die Tinte so strömte. Ich lehne mich vor, schiebe das Fenster nach oben und mache ein paar tiefe Atemzüge. Die Luft ist kühl, sie riecht nach Kartoffelfeuern, nach feuchtem Gras und Ahornblättern, die in den Fluss fallen und sich an den Ufern sammeln.

Es klopft, und Ida steckt ihren großen Kopf durch den Spalt. »Ich habe noch Licht gesehen. Ist bei dir alles in Ordnung, Ben?«

»Danke, Ida, alles ist gut, ich will nur noch die Rede fertig schreiben.«

»Es ist schon spät.« Ida zieht gähnend den Gürtel ihres Morgenrocks enger und seufzt. »Kann ich dir noch etwas bringen?«

»Oh, gerne, gegen heißen Kaffee hätte ich nichts einzuwenden.«

Als sie die Tür wieder hinter sich zugezogen hat, gehe

ich zu dem Koffer, den ich und Mary und viele andere Helfer auf Carsons Diktat hin mit Manuskriptseiten gefüllt haben. Monatelang. Die letzten Monate ihres Lebens, bis zu ihrem letzten Schlaganfall. Ich schließe die Augen, und Bilder tauchen auf, so ungeordnet wie das Papier im Koffer. Carson im Bett, auf einem Berg von Kissen, die ihren Rücken und ihre Arme stützen, der Stumpf ihres rechten, frisch amputierten Beines. Sie diktiert, bringt zerstückelte, in Speichel ertrinkende Sätze hervor, die wir alle in ständiger Absprache enträtseln, niederschreiben, vorlesen und durch Kopfbewegung absegnen oder verwerfen lassen. An manchen Tagen geht es besser, an anderen hält man es kaum aus, weil sie sich unter Krämpfen windet und nicht mehr als einen Satz hervorbringt, der sie alle Kraft zu kosten scheint. Wie diesen: *Mein Leben ist immer einem Muster gefolgt. Arbeit und Liebe.*

Ein einfacher Satz, der in mir ein überwältigendes Echo auslöst, Bilder ohne Zahl, in ihre Bücher gebannt, in meinem Kopf lebendig, ihre ganze Welt. Ich sehe die zwölfjährige Mick vor mir, die den Abgrund, der sie von der Welt Mozarts trennt, zu überwinden sucht, indem sie eine Geige aus einer alten Holzkiste bastelt. Die dreizehnjährige Frankie, die sich die Haare eigenhändig streichholzkurz schneidet und heulend hinter dem Auto eines Brautpaares herläuft, um ein Teil von ihnen zu sein, um dazuzugehören. Die riesenhafte Miss Amelia, die ihren undankbaren Cousin Lymon auf ihrem muskulösen Rücken in die Wohnung trägt.

Von hier brauchen die Bilder nicht viele Brücken zu schlagen, um bei Lula Carson Smith zu landen, die der

Himmel vor fünfzig Jahren über einer kleinen Baumwollspinnerstadt abgesetzt hat, im tiefsten Süden, auf einem Flecken Erde, an dem sie nie ganz heimisch wurde und der doch für immer ihre innere Landschaft blieb.

Columbus, 1917

Weil Lamar Marguerite keinen Wunsch abschlagen konnte, lieh er sich Mr Schomburgs Automobil und fuhr mit seiner hochschwangeren Frau nach Atlanta. Dort saßen sie mit Tausenden anderen in einer Halle und lauschten der Stimme des göttlichen Caruso. Die Luft war dick und heiß. Lamar blickte immer wieder besorgt zu seiner Frau, die mit langem Hals und entrücktem Blick neben ihm saß. Noch nie hatte er ein solches Glück auf ihrem Gesicht gesehen.

»Wir werden ihn Caruso nennen«, flüsterte sie auf der Heimfahrt.

»Wen willst du Caruso nennen?«

»Den Kleinen natürlich.« Ehrfurchtsvoll legte sie die Hände über ihren kugelförmigen Bauch. »Weißt du, diese Stimme ... sie ist in mich gefahren, in meinen Bauch! Das ist kein gewöhnliches Kind, das wir erwarten, Lamar. Er wird Musiker sein, berühmt ... ein Genie, das spüre ich ganz deutlich.«

»Das meinst du nicht ernsthaft. Caruso Smith!«

»Oh doch, mein Lieber.« Marguerite schürzte die Lippen zu einem Lächeln, das sich im Besitz tieferer Wahrheiten wusste. »Ich meine das ganz und gar im Ernst.«

Lamar seufzte und schwieg. Es hatte keinen Sinn, Marguerite zu widersprechen, wenn sie sich zu etwas verstiegen hatte, auf jeden Versuch hin, sie zur Vernunft zu bringen, würde sich ihre Überzeugung nur noch mehr festigen, ein Genie namens Caruso unter dem Herzen zu tragen. Lamar wollte nicht, dass sein Sohn, sein kleiner Südstaaten-Bursche, mit einem so hochtrabenden und fremdländischen Namen durchs Leben gehen musste. Aber er wusste, dass ihm nichts anderes übrig blieb, als auf eine erneute, bessere Eingebung seiner Frau zu hoffen.

Wochen später saß er mit rundem Rücken über seine Werkbank gebeugt. Die Lupe ins Auge geklemmt, setzte er mit der Pinzette Smaragdsplitter in die Brosche, die Mrs Cramer für ihre Tochter in Auftrag gegeben hatte. Er hatte sich gerade erst auf Marguerites Wunsch hin von Schomburg getrennt und sein eigenes kleines Geschäft in der Broad Street eröffnet. Da man wusste, dass er sein Handwerk beherrschte, liefen die Geschäfte von Anfang an gut. In ganz Columbus gab es keinen Zweiten, der Uhren so zuverlässig reparierte wie Lamar Smith. Die Uhren waren sein Brot. Von Juwelierarbeiten wie Mrs Cramers Brosche erhoffte er sich die Butter, eine wohlhabende Zukunft für sich und seine Familie.

Vorne im Laden schepperten die Türschellen.

»Mr Smith!«, rief eine aufgeregte Kinderstimme.

Lamar nahm die Lupe aus dem Auge und legte sie mit dem Werkzeug in das Leinentuch auf dem Tisch. Dann holte er Luft und öffnete die verglaste Tür, die die Werkstatt vom Verkaufsraum trennte. Der kleine Tom Healey sprang vor ihm von einem Bein auf das andere.

»Mrs Smith schickt mich, Mr Smith!«

»Das Kind?«

Der Junge nickte heftig.

Lamar schluckte und nahm die Jacke vom Haken. Der kleine Caruso hatte sich also auf den Weg gemacht. Auf einen Sinneswandel seiner Frau hatte er vergeblich gewartet, Marguerite erzählte seit Wochen jedem, der ihr zuhörte, von Caruso und davon, wie die ganze Welt dereinst den Namen ihres Erstgeborenen kennen würde. In den Augen der Leute blitzte der Spott. Er hätte auf seine Schwiegermutter hören sollen. Er hätte sich durchsetzen, ein Machtwort sprechen, sein Gewicht als Familienoberhaupt in die Waage legen müssen. Nun, da seine Frau in den Wehen lag, war es zu spät. Lamar drückte dem kleinen Boten einen Vierteldollar in die Hand, straffte die Schultern und machte sich unter der Mittagssonne auf den Heimweg.

Zwei Stunden später hatte das Kind das Problem seiner hartnäckig auf einem absurden Namen beharrenden Mutter selbst gelöst, indem es als Mädchen zur Welt kam. Nach alter Sitte des Südens gab man ihm die schlichten Namen seiner Großmutter: Lula Carson. Doch ließ sich Marguerite durch diese Wendung der Dinge keineswegs vom Glauben an die Prophezeiung abbringen. Im Gegenteil: Selbst vaterlos aufgewachsen und im Innersten von der Schwäche der Männer überzeugt, schien es ihr nur umso richtiger, dass das Genie ein Mädchen war.

Überwältigt von seiner Schönheit drückte sie das Baby an sich.

»Der Schädel ist schief«, merkte die frischgebackene Großmutter an.

Lamar lief einmal um Mutter und Kind herum und betrachtete den Kopf von allen Seiten. »Oh, ja, du hast recht«, pflichtete er erschrocken bei.

»Es war ja auch eine stürmische Geburt. Das gibt sich wieder«, beruhigte sie die Hebamme, die ihre Gerätschaften im Zimmer einsammelte und in ihre Tasche packte.

Selig lächelte Marguerite in sich hinein. Es würde noch eine Weile dauern, bis die anderen begriffen, was sie schon lange wusste. Der verformte Kopf war nur ein weiterer Beweis dafür.

Dass der Kopf bald eine ganz normale Form annahm und an dem Kind auch sonst jahrelang keinerlei Zeichen von besonderer Begabung auszumachen waren, beirrte Marguerite nicht im Mindesten. Dass Lula Carson weder früher lief als andere Kinder noch besser sprach, konnte nur daran liegen, dass sie ihre Kräfte für die Zeit sparte, in der sich ihr musikalisches Talent entfalten würde.

Lamar hingegen legte die durchschnittliche Entwicklung seines Kindes so aus, dass es ein durchschnittliches Kind *war*. Seine Tochter wuchs heran, sie bekam einen kleinen Bruder, sie bekam eine kleine Schwester. Sie galoppierte mit ihrem Steckenpferd die Straße hinab und versteckte sich heulend in den Röcken des schwarzen Hausmädchens, wenn sie sich das Knie aufgeschlagen hatte. Ohne jeden Zweifel wäre ihr kleines Köpfchen nicht zu unterscheiden gewesen in der Kindermeute, die von morgens bis abends durch die Straßen von Columbus tollte.

Hätte ihre Mutter nicht genau dies zu verhindern gewusst. Zwar ließ sie dem Mädchen jede Freiheit, die es angeblich brauchte, um sich bestmöglich zu entfalten. Es gab keine festen Schlafenszeiten, denen sich Lula Carson zu unterwerfen hatte, zu essen bekam sie, wann und worauf immer sie Hunger hatte, jeder Wunsch wurde erfüllt, jeder noch so abgehobene Einfall unterstützt. Doch was den Umgang mit anderen Kindern anging, hörte die Freiheit auf. Außer Carsons Cousins und Cousinen und dem Nachbarkind Helen, einer sanften Arzttochter mit einwandfreien Manieren, fanden die Kinder des Städtchens als Spielkameraden für ihre Tochter keine Gnade vor Marguerites Augen. »Wer mit den Adlern fliegen will, darf nicht mit den Gänsen schnattern«, sagte sie immer wieder. Oder: »Wer auf dem Schoß der Götter sitzt, beschmutzt sich nicht mit dem Staub der Straße.«

So blieb der Kosmos, in dem die kleine Majestät kreiste, überschaubar. Ihre Tage füllten sich mit den Spielen ihrer eigenen Fantasie. Die Geschichten des Hausmädchens Vitalis aus fremden, dunklen Welten und die endlosen Erzählungen der Großmutter aus vergangenen Zeiten verschmolzen in ihrem Kopf und schufen ein eigenes Reich.

Im Salon stand ein altes Klavier, das vor Jahrzehnten von der Großmutter angeschafft, seitdem wöchentlich abgestaubt, aber außer von Gästen nie gespielt worden war. Man liebte die Musik. Doch war diese Liebe noch bei keinem Mitglied der Familie so weit gegangen, tatsächlich ein Instrument zu erlernen. Das Klavier war grauenhaft verstimmt. Dessen ungeachtet ließ Marguerite jeden Tag damit ausklingen, sich mit Lula Carson auf dem Schoß davor niederzulassen. Da sie nicht einmal eine einfache Melodie zustande brachte, schlug sie einzelne Töne an. Das Kind horchte ihnen feierlich nach, bis sie verklangen, und machte sich dann selbst mit seinen dicken kleinen Händen an den Tasten zu schaffen. Marguerites Applaus war ihm immer sicher.

Columbus, 1923

Lula Carson war zu einem ausgelassenen, gutmütigen, aber nicht übermäßig liebreizenden Mädchen herangewachsen. Nur sehr widerwillig hatte sie sich einschulen lassen, und noch immer mochte niemand, aber auch gar niemand, nur einen Hauch von Genie an ihr erkennen. Irgendwann, als die wohlwollende Geduld ihrer Umgebung in blankes Unverständnis umgeschlagen war, hatte selbst Marguerite damit aufgehört, vor aller Welt von Lula Carsons glorreicher Zukunft zu schwadronieren. Auch forderten die jüngeren Geschwister zumindest einen gewissen Anteil ihrer Aufmerksamkeit, und so kam es immer öfter vor, dass das Mädchen dem Auge der Mutter entkam und seine eigenen Wege gehen konnte.

Die Gewohnheit, allabendlich gemeinsam das verstimmte Klavier zu traktieren, behielten Mutter und Tochter jedoch bei. Irgendwann ertrug Lamar, der im Salon mit Drink und Zeitung seinen Feierabend genießen wollte, das blecherne Jaulen nicht mehr. Er ließ einen Klavierstimmer holen. Der Mann erklärte das Instrument für jenseits von Gut und Böse.

Der Frühsommerabend tauchte die Stark Avenue in jenes milde Licht, das die Holzfassaden veredelte, das Grün der Platanen schimmern ließ und selbst den armseligen, zwischen die großzügigen Grundstücke gequetschten Hütten der Schwarzen eine freundliche Heimeligkeit verlieh.

Ein sechsjähriges Mädchen mit viel zu langen Beinen kam die Straße herabgesprungen. Sorgfältig achtete sie darauf, keinen der langen Schatten zu berühren, die sich auf dem staubweißen Weg abzeichneten. Sie war mit Helen im Lichtspielhaus gewesen und sang *Yes Sir, That's My Baby* vor sich hin.

Knapp vor dem Verdursten schlug sie die Schwingtür zum Kücheneingang des Hauses auf, verscheuchte die Fliegen vom Limonadenkrug und trank ihn in einem Zug leer. Das Haus war ungewöhnlich still. Vitalis hatte ihren freien Tag, Daddy war noch nicht aus dem Geschäft zurück, und Mommy hörte sie entfernt mit den beiden Kleinen im Badehaus im Garten planschen. Lula Carson hüpfte in den Salon.

Sie erstarrte. Wo das Klavier neben der Verandatür gestanden hatte, zeichnete sich nur noch dessen bleicher Geist von der Tapete ab. Wo? Wie? Sie wirbelte herum – und zog die Luft durch die Zähne. Zwischen Fenster und Kamin stand ein neues Klavier. Tiefschwarz glänzend, mit schneeweißen Tasten und schimmernden Messingpedalen. Sie kniff die Augen zusammen, öffnete sie wieder, und das Klavier war immer noch da. Kaum atmend trat sie näher und setzte sich auf das makellose Samtpolster des Hockers. Dann legte sie ihren Zeigefinger auf eine Taste, die sich weich in einen Ton senkte, so rein und so klar wie ein Regentropfen.

Sie juchzte. Ihre Finger begannen zu tanzen, einfach so, sie wusste nicht, wie, aber plötzlich tönte *Yes Sir, That's My Baby* unter ihren Fingern aus dem Klavier, nicht suchend, nicht zögerlich, sondern voller Schwung.

»Ich kann Klavier spielen!«, lachte sie in das leere Haus.

Ihre Finger bewegten sich leicht wie Schmetterlingsflügel, wie schön das aussah! Als sie am Ende ihres Liedes angekommen war, begann sie es gleich von Neuem, lauter diesmal, wie berauscht.

»Ich kann Klavier spielen! He zusammen! Ich kann Klavier spielen!«

Beim dritten *Yes Sir, That's My Baby* erschien Marguerite im Türrahmen, mit hochgekrempelten Ärmeln und aufgelöstem, feuchtem Haar. Als sie ihre Tochter am Klavier sah, schlug sie die Hände vor das erbleichende Gesicht. Ohne ihr Spiel zu unterbrechen, strahlte Lula Carson sie triumphierend an und setzte noch eins drauf, indem sie nun *Yes Sir, We Have No Bananas* anstimmte.

»Baby! Du kannst Klavier spielen! Mein Baby!«, presste Marguerite schließlich hervor, fiel mit Tränen in den Augen auf die Knie und sprang sogleich wieder auf, als sie ihren Mann die Haustür öffnen hörte.

Als Lamar begriff, was vor sich ging, blieb er mitten im Salon stehen und bewegte sich keinen Zentimeter. Eine dunkle Ahnung, die halb vergessen in ihm geschlummert hatte und die an jedem Tag der letzten sechs Jahre vom Augenschein widerlegt worden war, war von einer Minute auf die andere Wirklichkeit geworden und legte sich auf seine Schultern wie ein großer Sack Reis. Zu allem Überfluss ging das Kind jetzt auch noch dazu über, wunderbar harmonische Melodien zu erfinden. Lamar sah seine Tochter an, als hätte sie sich in ein wildes Tier verwandelt.

Pudelnackt, eine Spur von Wassertropfen hinter sich herziehend, kam der kleine Lamar Jr. ins Zimmer gelaufen. Aus dem Badehaus tönte empörtes Babygeschrei. Nichts davon drang zu Marguerite durch. »Sie kann Klavier spielen!«, rief sie nur immer wieder in einer Stimme, die sich langsam in ein Kreischen emporschraubte. »Ganz von selbst!«

Es gab kein Halten mehr. Sie lief aus dem Haus, rannte zu den Nachbarn, hielt Vorübergehende auf der Straße an und zerrte jeden, dessen sie habhaft werden konnte, in ihr Haus. »Mein Baby kann Klavier spielen! Habe ich es euch nicht gesagt? Habe ich es nicht gesagt!«

In all der Aufregung blieb Lula Carson an ihrem Klavier sitzen und spielte und spielte. Ihre grauen Augen richteten sich auf ihren Vater. Immer noch stand er regungslos da, und eine unsichtbare Hand zeichnete jenen Ausdruck auf sein Gesicht, den er für den Rest seines Lebens beibehalten würde: einen Ausdruck von Stolz, von Sorge und von hoffnungsloser Überforderung.

Columbus, 1930

Mit demselben Ausdruck, der sich inzwischen wie eine Landkarte in sein Gesicht geprägt hatte, saß Lamar sieben Jahre später an einem feuchtheißen Augustabend über ein Schweizer Taschenuhrwerk gebeugt. Ohne erkennbare Ursache hatte die Uhr dem Baumwollfabrikanten, der sie sein Eigen nennen durfte, plötzlich den Dienst versagt und wurde nun – wie Hunderte Uhren vor ihr – von Lamar in winzige Einzelteile zerlegt. Er reinigte die Teile mit Pinzette und Pinsel in einem Benzinbad, drehte und wendete sie unter der Lupe und setzte sie wieder zusammen. Die Mechanik war von äußerster Perfektion. Warum blieb sie dann immer wieder nach ein paar Stunden stehen? Lamar schob seine Brille in die Stirn, streckte den Rücken und ließ die schmerzenden Schultern kreisen. Er kam einfach nicht dahinter.

Schließlich legte er die Uhr beiseite und ließ sich in einen jener reglosen Augenblicke sinken, die mit den Jahren immer ausgedehnter geworden waren. Die Abendsonne näherte sich dem Dach von Jay's Drugstore auf der gegenüberliegenden Seite der Broad Street und ließ die staubigen Glasscheiben vor Lamars Auslagen aufglühen und erblinden. Lamar saß wie unter einer Glocke aus reinem Licht, aus reiner Freude, und sein Gesicht glättete sich und wurde so weich, wie es weder seine Frau noch seine Kinder je zu Gesicht bekamen.

Die Schelle der Ladentür klirrte. Lamar ließ die Brille

auf die Nase rutschen und sah eine kleine, grauhaarige Frau aus dem Licht treten. Ihre linke Hand hielt eine paillettenbestickte Tasche, die rechte streckte sie Lamar entgegen.

»Mrs Kierce.« Lamar erhob seine lange Gestalt und umschloss mit seinen großen Händen die zartgliedrigen Finger von Lula Carsons Klavierlehrerin. »Was führt Sie zu mir, wie kann ich Ihnen helfen?«

Die Frau schüttelte den lockigen Schopf, aus dem feinste Staubpartikel ins Licht strebten.

»Lieber Mr Smith, Sie können mir nicht helfen. Ich bin gekommen, um Ihnen mitzuteilen, dass ich Ihnen nicht mehr helfen kann.« Ihre blauen Augen sahen Lamar fest an. »Sehen Sie, Lula Carson ist mir ... nun, sie ist mir in jeder Hinsicht über den Kopf gewachsen.«

Lamar blinzelte. Er war nicht überrascht, nur für einen Augenblick überwältigt von jener Ratlosigkeit, die sich nie ganz unterdrücken, meist jedoch gut im Zaume halten ließ. Er entschuldigte sich bei der Klavierlehrerin und ging nach hinten, um sich ausgiebig die Hände zu waschen und mit seinen Sorgen ins Gericht zu gehen.

Lula Carson war im letzten Jahr aufgeschossen wie eine junge Esche, sie überragte schon ihre Mutter, und wenn sie so weitermachte, würde sie wirklich außerordentlich groß sein für ein Mädchen. Erst vor Tagen, als er morgens noch früher als gewöhnlich in die Küche geschlurft war, hatte er sie reglos im Garten stehen sehen. Und als er sich den Schlaf aus den Augen gerieben und seinen Kaffee gekocht hatte, stand sie noch immer da, in der Dämmerung, wie ein Kranich auf ihren endlosen, dünnen Beinen, den großen Kopf in den Nacken gelegt.

Unter ihren Augen lagen aschfarbene Schatten, und ihr verlorener Blick wanderte mit den Wolken über den Himmel. Sie sah seltsam aus. Sie war seltsam.

Lamar wusste, wie sehr sie darunter litt, obwohl oder gerade weil Marguerite nie aufgehört hatte, ihre Andersartigkeit in den Himmel zu loben. Das Mädchen war dreizehn, verdammt noch mal! Wer will mit dreizehn schon anders sein als die anderen? Lula Carson jedenfalls, das beobachtete Lamar spätestens seit dem Umzug in die Starke Avenue, hatte gekämpft um einen Platz unter den anderen Mädchen. Dass deren Familien meist wohlhabender waren als die Smiths, dass sie größere Häuser, mehr Personal und eigene Pferde besaßen, dass auf ihren Partys das Feinste vom Feinen gereicht wurde – all das hatte in seiner Tochter ein Gefühl der Minderwertigkeit gefestigt, das zwar unangebracht, aber deshalb nicht weniger schmerzlich war. Und wenn die Gleichaltrigen mit ihren noch kindlichen Mädchenkörpern an den langen Sommerabenden unter den Lauben spielten und tobten, während die Äste an Lula Carsons Haaren rupften, sobald sie sich nur aufrichtete, kam sie zornig nach Hause gestakst und verschwand in ihrem Zimmer.

Und doch gab sie so schnell nicht auf. Sie verausgabte sich darin, die anderen zu besiegen, jedes Wettschwimmen, jedes Fahrradrennen zu gewinnen. Auch im Baumklettern, einem beliebten Sport in der ulmengesäumten Starke Avenue, war sie lange unübertroffen. Bis sie eines Tages ganz oben in einer Krone plötzlich von ihrer eigenen Furchtlosigkeit im Stich gelassen wurde und den Ast, auf dem sie rittlings saß, so lange zitternd mit Armen und Beinen umklammerte, bis ihre Freundin Helen zu ihr hinaufkletterte und sie Tritt um Tritt herabgeleitete. Seit dieser Niederlage schien sich Lula Carson im Kampf um Anerkennung geschlagen gegeben zu haben.

Seit dem Herbst besuchte sie die Highschool, wo sie sich schnell den Ruf einer unbeteiligten und arroganten Schülerin zugezogen hatte. Mit ihren Klassenkameradinnen kam sie noch weniger klar als mit den Mädchen aus der Nachbarschaft. Das Getuschel auf den Fluren, dieses Kichern und Haarewerfen, sobald sich irgendwo ein Bartflaum näherte, all die kreischende Begeisterung über irgendwelche Riemchenschuhe und Handtäschchen waren ihr zuwider.

Zu Hause beklagte sie sich bitterlich.

In ihrer eigenen Schuhgröße gab es nur Herrenschuhe zur Auswahl. Wer konnte ihr verdenken, dass sie irgendwann beschloss, ihre Andersartigkeit anzunehmen, sie zu betonen und zu den Herrenschuhen noch lange Hosen und weiße Hemden zu tragen? Den Kopf, mit dem sie nun einmal alles um sich herum überragte, aufrecht zu tragen? Und das ewige »He, wie ist die Luft da oben?« mit einem hochmütigen »Nicht so dick wie da unten!« zu erwidern?

Nach Schulschluss machte sie jetzt tägliche Abstecher zur Leihbibliothek, lief mit ihrem Bücherbündel auf kürzestem Wege nach Hause und verschwand in ihr Zimmer. Marguerite hatte keine Ahnung, wie es um ihre Tochter stand, für sie war Lula Carsons Absonderung nur ein weiterer in einer langen Reihe von Beweisen. Nur zu Lamar kam das Mädchen manchmal, in die Werkstatt, sonntags, um sich das Herz zu erleichtern. Lamar wusste, wie fremd sie sich selbst und der Welt geworden war.

Er trocknete seine Hände, kehrte zur Klavierlehrerin zurück und deutete auf einen Stuhl. Mrs Kierce setzte sich. Er bot ihr einen Whisky an, den er jedoch, als sie abwehrend mit beiden Händen wedelte, selber trank.

»Sie wollen meine Tochter also nicht mehr unterrichten?«

»Es gibt einfach nichts mehr, was ich ihr beibringen könnte.« In Mrs Kierce' Rücken ging die Sonne unter, die silbernen Haarflammen um ihren Kopf erloschen. »Dass sie die beste Schülerin ist, die ich je hatte, versteht sich von selbst. Ich habe fünf Jahre lang mit ihr gearbeitet, es war mir eine große Freude, und ich werde ihr Spiel vermissen. Aber nun gehört sie in andere Hände.«

Lamar nahm die Brille ab und rieb die Gläser mit seinem Taschentuch. »Wissen Sie, Mrs Kierce, wenn ich nach Hause komme und die Musik strömt mir aus dem offenen Fenster entgegen, dann kann ich es manchmal immer noch nicht glauben, dass es meine Tochter ist, die da spielt. Sie ist völlig eins mit ihrer Musik. Die Nachbarn glauben immer, es sei Marguerites Ehrgeiz, der sie dazu drängt, so viel zu üben. Aber das stimmt nicht. Schon vor der Schule setzt sie sich ans Klavier und am Abend wieder, stundenlang, als ob es um ihr Leben ginge. Die Musik ist wie ein Zuhause für sie …« Lamar stockte. Druck stieg ihm aus der Brust in die Kehle.

Mrs Kierce tätschelte seine Hand und nickte. »Ich weiß, was Sie meinen, Mr Smith. Sie ist sehr außergewöhnlich, noch dazu in diesem Alter, das ist nicht leicht …«

»Wo soll sie denn nun hin mit ihrem … Talent?«, fuhr Lamar auf. »Woher kriege ich in diesem gottverdammten

Columbus einen Klavierlehrer, der an Ihren Unterricht anschließen könnte, Mrs Kierce?«

Die Luft in Lamars kleinem Laden war eng geworden. Mrs Kierce hob bedauernd die Schultern, stand auf und ging zur Tür. »Ich weiß es leider nicht. Ich kenne niemanden, der dafür infrage käme. Aber es wird sich schon ein Weg finden, Mr Smith. Findet sich nicht immer ein Weg?«

Lamar dachte wieder an die Wolken, die er im Morgengrauen über Lula Carsons reglose Augen hatte hinwegziehen sehen. Er öffnete die Tür auf die abendliche Straße. Der Staub roch bitter, es würde bald regnen. Er nickte der Klavierlehrerin zu. »Doch, Mrs Kierce. Sicher. Am Ende findet sich immer ein Weg.«

Lula Carson saß in Shorts und Hemdchen auf dem Bett, zog den linken Fuß auf ihren Schoß und begann die Hornhaut zu bearbeiten. Die Haut war rau und zerfurcht von halb verheilten Wunden. Schuhe trug sie nur in der Schule, ansonsten lief sie den ganzen Sommer über barfuß durch die Straßen von Columbus, an den Fluss und in den Wald. Keines der anderen Kinder lief in ihrem Alter noch barfuß, aber da sie fast immer allein unterwegs war, spielte das keine Rolle. Bestimmt hatte sie die härtesten Fußsohlen in der ganzen Stadt, härter sogar als die der Jungs, nicht zu reden von den weichen Füßchen ihrer Klassenkameradinnen …

Lula Carson schnaubte verächtlich. Dann nahm sie eine Nadel und hielt sie in die Flamme der Kerze auf dem Nachttisch. Im Gehölz am Fluss hatte sie sich den Dorn einer Himbeerranke in die Ferse getreten. Der Dorn störte beim Klavierspielen. Sie musste ihn loswerden, bevor sie mit Marguerite zu dieser Mrs Tucker fuhr.

Vor zwei Wochen hatte ihr Dad mit Weltuntergangsmiene erklärt, dass der Unterricht bei Mrs Kierce beendet sei. Wie erleichtert er war, als er sah, dass ihre Welt davon keineswegs unterzugehen schien! Als ob sie damit nicht schon lange gerechnet hätte. Mrs Kierce und sie waren längst wie ein altes Ehepaar geworden, das sich immer nur dasselbe zu sagen hatte. Ob Lula Carson bei ihr spielte oder zu Hause, machte für sie so gut wie keinen Unterschied.

Marguerite dagegen hatte sich durch diese Nachricht zu sofortigem Handeln veranlasst gesehen. Noch am selben Tag hatte sie sich mit neuem Kleid samt Hut und Handschuhen ausstaffiert und von da an jeden Nachmittag mindestens zwei Einladungen zum Tee angenommen.

Im Salon der Witwe des Apothekers aus der Nolan Street war sie endlich fündig geworden. Nach der dritten Tasse Tee, nach der Geburt der Enkelin von Mrs Faydon, dem Begräbnis des Mannes von Mrs Miller, den Hüftproblemen von Mrs Barnes sowie den losen Sitten des Mädchens von Mrs Lorrington war das Gespräch auf eine gewisse Mrs Tucker gekommen. Als Neuzugang in der Gesellschaft von Columbus war sie an sich schon jede Menge Klatsch wert. Doch dass sie vor ihrer Heirat mit Colonel Tucker, der nach Fort Benning versetzt worden war, um die Ausbildung der hiesigen Kadetten zu leiten, Konzertpianistin gewesen war, stieß bei den Damen auf allergrößtes Interesse. Wer noch nicht ihre Bekanntschaft gemacht hatte, kannte jemanden, der sie bereits kennengelernt hatte. Man wusste nur Gutes zu berichten: Sie habe reizende Manieren, reizende Kleider, reizende Kinder. Und erst die Möbel, die sie aus New York mitgebracht hatte!

Marguerite war am Ziel ihrer Nachforschungen angelangt. Noch bevor man sie über weitere Details verständigen konnte, verabschiedete sie sich und eilte zum Hause der Konzertpianistin, um noch vor dem Abend bei ihr vorzusprechen.

Das sei ein Missverständnis, sie gebe keinen Unterricht, habe die verblüffte Mary Tucker erwidert, nachdem sie ihr Anliegen unverblümt vorgebracht hatte.

»Aber ihr könnt euch sicher vorstellen, dass ich mich damit nicht zufriedengegeben habe«, fügte Marguerite hinzu, als sie am Abend zusammen auf der Veranda saßen. Über die eisbeschlagenen Gläser, die für die Kinder mit Limonade und für die Erwachsenen mit Gin gefüllt waren, blickte ihre Familie sie an. Ihre Wangen glühten. Oh ja, das konnten sie sich alle nur zu gut vorstellen. Marguerite legte ihren Arm um Lula Carson. »Ich habe ihr so lange vorgeschwärmt, bis sie einwilligte, das Wunderkind kennenzulernen. Sie hat dich eingeladen, ihr vorzuspielen, Liebling, am Mittwoch in ihrem Salon! Was sagst du dazu?«

Lula Carson hätte sich gewünscht, dass Marguerite sich das Wunderkind verkniffen hätte, wenigstens dieses eine Mal. Was musste diese Mrs Tucker nur denken.

Sie seufzte. Hingebungsvoll und großzügig war Mutter wohl, auf eine Weise war sie auch klug, aber sie konnte so töricht sein, dass es schmerzte. Lula Carson zog die Nadel aus der Kerzenflamme, wischte den Ruß in ein sauberes Taschentuch und betrachtete die glühende Spitze.

Es war anstrengend, die Tochter der Mutter eines Wunderkinds zu sein. Es war immer schon anstrengend gewesen. So lange sie denken konnte. Nicht etwa wegen der fünf Stunden täglich, die sie seit ihrem sechsten Lebensjahr am Klavier verbrachte. Nein, nicht die Musik war die Last, die Musik wuchs aus ihr selbst heraus. Anstrengend war es vielmehr immer dann geworden, wenn dem Kopf der Mutter eine Vorstellung entsprungen war, mit dem sie ihren Traum vom Wunderkind ausschmücken konnte.

Zum Beispiel, wenn Marguerite aus dem Kino gekommen war. Dann hatte es passieren können, dass ihre Augen auf eine bestimmte, unverkennbare Weise auf ihre Tochter fielen, dass sie sich zu Schlitzen verengten und einen Ausdruck des Zweifels annahmen. Sie betrachtete das Kind, das neben ihr mit knochigen Knien die Straße entlanghüpfte oder mit aufgerissenen Augen minutenlang einen Fleck an der Decke bestaunte. Es hatte nicht viel Ähnlichkeit mit jenen Wunderkindern, die von der großen Leinwand herab die Menschen bezauberten. Das war eine Tatsache.

Eine Tatsache, mit der sie sich nicht abfinden musste. Sie schnappte das dürre, eckige Mädchen unter den Armen und setzte es entschlossen auf den Küchentisch.

»Kleine, süße Ringellöckchen machen wir dir«, flötete sie und begann damit, das mausbraune Schnittlauchhaar Strähne für Strähne um ein Lockeneisen zu wickeln und so heiß zu brennen, dass es qualmte und stank. Danach spreizte sich das Haar in alle Richtungen von der

Kopfhaut, und Lula Carson sah aus, als hätte man sie unter Starkstrom gesetzt.

Sie schluckte die Tränen. Kein Protest der Welt würde ihre Mutter bremsen. Wenn es um die Schönheit ihres Wunderkindes ging, kannte Marguerite keine Gnade. Das wusste Lula Carson spätestens seit jenem Besuch beim Augenarzt, als sie ihr die Buchstaben auf der Tafel eingeflüstert hatte. Denn wer hätte schon einmal von einem Wunderkind gehört, das eine hässliche Brille trug?

Schicksalsergeben ließ das Kind sämtliche Schönheitsbehandlungen über sich ergehen. Der Teint etwa. Das blasse Gesicht, dem zu niedlichen roten Backen verholfen wurde, indem man es abwechselnd kniff und mit Lippenstift einrieb. Irgendwann war die Mutter immer zufrieden: »Du siehst süß aus! Schau!«

Aus dem Spiegel blickte eine Irre, die gerade einer Anstalt entkommen und anschließend von der Meute durch die Stadt gejagt worden war. Die Irre nickte. »Darf ich jetzt gehen?«

Natürlich durfte sie das.

Nach einer solchen Prozedur hockte sie sich vor dem Haus auf die Straße und zog sich in ihre innere Welt zurück. Mit der einen Hand drückte sie die Borsten auf ihrem Kopf, mit der anderen zeichnete sie eine Schleife in den Staub. Wunderkind! Schön und gut, vollkommen klar: die Musik, die ihr durch die Adern floss, direkt in die Fingerspitzen. Der Herr mit dem Pinguinanzug, der seine glänzenden Hacken auf dem Parkett zusammenschlug und bedeutungsvoll in die dunkle Menge rief: »Meine Damen! Meine Herren! Die außerordentliche Ehre! Die unerhörte Freude! Präsentiere: Wunderkind!« Der tosende Applaus, der ihr aus den Reihen entgegenschlug wie eine Brise vom Meer, feinste Salztropfen, die auf ihr erhitztes Gesicht sprühten ... oder Schneeflocken?

Jawohl, genau, das war's! Jubelnd sprang sie auf und hüpfte mit einem Bein von einer Schlinge der Schleife in die andere. Fast kriegte sie sich nicht ein. Schneeeee, unendliche Flocken davon auf ihrem Gesicht. Sie, der Pinguin, der Konzertsaal und ihre ganze Straße unter einer weißen Decke. Eine kalte Decke so weich wie Mr Powers Softeis.

Irgendwann war die schöne Schleife zertrampelt gewesen und sie hatte den Staub von den Shorts geklopft, geniest und die Nase mit dem Handrücken gewischt.

Lula Carson fuhr mit dem Daumen sanft über den Dorn in ihrer Ferse und setzte die ausgeglühte Nadel an. All das war Jahre her, doch die Gefühle aus dieser Zeit hatten es sich so häuslich in einer Nische in ihrer Brust eingerichtet, dass sie jederzeit an ihr Herz klopfen konnten: ein Gefühl, durch ein Spiegelkabinett geführt zu werden, in dem ihr eine Verzerrung ihrer selbst nach der anderen begegnete, an der Hand einer mächtigen Herrscherin, die blind war und sehend zugleich, einer Närrin. Ihrer Mutter, die sie liebte. Nicht ausweichen zu können, nirgendwohin, außer in die Tiefen ihrer inneren Welt. Einer Welt, die immer reicher wurde, je mehr sie sich darin aufhielt.

Noch immer konnte ihr Marguerite den letzten Nerv töten. Aber andererseits: Sie hatte eine echte Konzertpianistin aufgetrieben! Jemanden, der ihre kühnen Zukunftsträume tatsächlich verkörperte. Und das mitten in diesem toten Kaff. Der Gedanke, dass sie, Lula Carson Smith, eine Konzertpianistin kennenlernen würde, brachte das Blut, das in der Leere der letzten Monate fast in ihren Adern verödet war, zum Rauschen.

Sie bohrte mit der Nadel durch die Hautschichten, bis der winzige Dorn freilag, und zog ihn mit einer Pinzette heraus. Mit dem Daumen drückte sie die durchlöcherte Stelle. Der Schmerz war weg. Zufrieden mit der gelungenen Operation sprang sie auf, um in ihr bestes Kleid zu schlüpfen, das frisch geplättet über der Stuhllehne hing.

Das Bild, das sie darin im Spiegel abgab, ließ sie erschaudern. Unten standen die Knie knotig hervor, die Mitte war so elegant wie eine leere Mehltüte, und der Kopf mit den selbst geschnittenen Ponyfransen wirkte wie angeklebt. Schnell zog sie das Kleid wieder aus. In ihren Shorts fühlte sie sich wenigstens wie sie selbst, da konnte Marguerite protestieren, so viel sie wollte. Genug davon, lieber noch mal ans Klavier.

So wie es Kleider gibt, die ein dreizehnjähriges Mädchen keinesfalls tragen sollte, auch wenn es in der Länge das Maß einer erwachsenen Frau erreicht haben mochte, so gibt es auch Musikstücke, die eine Dreizehnjährige nicht spielen sollte. Auch wenn sie dazu technisch schon in der Lage war. Das jedenfalls hatte ihr Mrs Kierce zu verstehen gegeben, als Lula Carson sich darauf versteifte, die *Ungarische Rhapsodie* von Liszt in ihr Repertoire aufzunehmen. Mrs Kierce war der Meinung, dass ein Stück wie dieses eine innere Reife und eine Bandbreite von Gefühlen erforderte, von der ihre naive und trotzige Schülerin noch nicht einmal geträumt haben konnte.

Der Streit, der darüber zwischen der alten Frau und dem Mädchen entbrannt war, hatte den Entschluss in Lula Carson erst recht gefestigt. Monatelang hatte sie inbrünstig daran gearbeitet. Jetzt beherrschte sie das Stück fehlerfrei, leicht und flüssig preschten ihre Finger über die Tasten. Den abschließenden C-Moll-Akkord ließ sie köstlich lange ausklingen. Zufrieden klappte sie den Klavierdeckel zu und machte sich mit den Noten unter dem Arm auf den Weg. Das musste diese Pianistin einfach beeindrucken.

Mary Tucker saß in ihrem Zimmer und blickte auf ihre gespreizten Hände. So hatte sie vor ihren Auftritten dagesessen und im Geiste vorweggenommen, wie die schimmernden Nägel leicht wie Regen auf die Tasten fielen. Die gespannte Stille im Saal, dann die erlösenden ersten Tropfen, die sich in einen Frühlingsschauer steigerten oder zu einem Gewitter anschwollen. New York, Rom, die Umarmung des Applauses – in einem anderen Leben. Sie entließ die kurze Erinnerung. Die heiße Luft trug eine blecherne Tonfolge vom nahen Exerzierplatz durch das offene Fenster in ihr Zimmer. Fort Benning blies zum Nachmittagsappell.

Mary stand auf und strich sich mit kurzem Blick in den Spiegel ihrer Frisierkommode die Haare aus dem Gesicht. Sie lebte jetzt, nur jetzt, in diesem großen Haus am Rande von Columbus, Georgia, mit dem Colonel, dem sie nach seiner Versetzung hierher gefolgt war. Der Colonel trug sie auf Händen. Und sie hatte Ginny und Luke, denen sie sich mit der gleichen Liebe hingab wie einst der Musik. Nein, es war nicht die gleiche

Liebe, diese Liebe war noch tiefer. Eine stete, wärmende Flamme nach all dem Flackern, ein Hafen nach Jahren auf See. Die Liebe zu ihren Kindern war so beständig, so sehr in jedem Atemzug präsent, dass sie Mary ihre neue Heimat mit Gleichmut ertragen ließ: die ewige klebrige Hitze, die öltriefenden Speisen – überwürzt oder viel zu süß, in jedem Fall schwer verdaulich. Die Enge der Gesellschaft, mit den Offiziersgattinnen und Nachbarinnen und all den anderen guten Hausfrauen des Städtchens, das belanglose Schnattern, die peinlichen Intimitäten, die ihr allenthalben zugetragen wurden. Selbst das himmelschreiende Unrecht, mit der man hier im Süden immer noch die schwarze Bevölkerung ausbeutete, vermochte es nicht, einen Schatten auf das helle Licht ihrer Liebe zu werfen.

Mary verließ ihr Zimmer. Aus dem hinteren Teil des Hauses drang die tiefe, rollende Stimme der Köchin, die sich singend an die Vorbereitungen für das Abendessen machte. Es klingelte. Der Gesang brach ab. Mit einem aufgeräumten Lächeln öffnete Mary die Tür und empfing eine gewisse Mrs Smith, Gattin des Uhrmachers an der Broad Street, und deren Tochter.

Falls sie sich überhaupt irgendetwas vorgestellt hatte unter dem fabelhaften Wunderkind, das ihr von dieser aufgeregten Frau angepriesen worden war, so war es bestimmt nicht das gewesen. Nicht dieses bleiche, von unregelmäßigen Fransen gerahmte Gesicht, diese riesigen grauen Augen, die beständig weiter und weiter zu werden schienen, während sie auf Mary hinabblickten.

Das Mädchen schien bei ihrem Anblick genauso erstaunt zu sein wie sie selbst. Mary machte einen Schritt zur Seite und bat Mutter und Tochter in den Salon. Lula Carson Smith murmelte etwas Unverständliches. Dann bewegte sie ihren aufgeschossenen Körper zum Flügel und rutschte auf den Hocker. Schon diese einfachen Bewegungen schienen ihren linkischen Gliedern ein solches Maß an Selbstbeherrschung abzuverlangen, dass Mary sich auf das Schlimmste gefasst machte. Sie setzte sich auf den Diwan und ließ Mrs Smith neben sich Platz nehmen.

»Nun, Mädchen«, begann sie mit beruhigender Stimme, »ich bin gespannt, was du mir mitgebracht hast.«

»Ich …« Das Mädchen räusperte sich und stellte ein zerknittertes Notenheft auf den Ständer. »Ich spiele die *Zweite Ungarische Rhapsodie in C-Moll* von Franz Liszt.«

Mary zog die Augenbrauen in die Stirn. So unsicher das Mädchen wirken mochte, an musikalischem Selbstbewusstsein zumindest schien es ihm nicht zu fehlen. Abgesehen von der schieren Virtuosität verlangte einem dieses Stück ein solches Temperament und ein derartiges Wechselbad an Stimmungen ab, dass sie selbst sich nie versucht gefühlt hatte, es in ihr Konzertrepertoire aufzunehmen.

In einer komisch anmutenden Bewegung neigte das Mädchen das Gesicht über die Tasten, bis sie sie fast mit der Nasenspitze berührte. In Marys Körper spannte sich jeder Muskel.

Doch was dann folgte, war die energischste, schnellste und wildeste Rhapsodie, die sie je gehört hatte. Es war sicher nicht die subtilste Weise, dieses Stück zu spielen, und ganz gewiss alles andere als die schönste. Aber technisch war sie nahezu fehlerlos, was angesichts des Alters der Spielerin nur beeindrucken konnte. Und sie hatte Kraft, große Kraft, die von einem starken Willen rühren musste, der da in diesem unfertigen Körper gebannt war. Mary wusste, dass ein solcher Wille sowohl zu Größe verhelfen als auch das Genick brechen konnte. Es war kein Wunderkind, das sie vor sich hatte, nein, aber doch ein echtes Talent.

Lula Carson wurde Marys erste und einzige Schülerin.

Sie kam dienstags nach der Schule, und samstags machte sie sich schon im Morgengrauen auf, um durch die halbe Stadt zum Haus der Tuckers zu laufen. Ihre Einsamkeit, all die bedrückenden Gefühle von Andersartigkeit ließ sie hinter sich, sobald sie den satten Klang der Glocke im Inneren der Villa hörte. Es war wie nach Hause kommen. Sie saugte alles auf, was Mary ihr zu vermitteln versuchte. Nach dem Unterricht saß sie mit der Familie beim Essen, lachte über die komischen Geschichten, die der Colonel vom Exerzierplatz mitbrachte, und blieb oft über Nacht. Marys Tochter Ginny wurde ihre beste Freundin, endlich eine Freundin, die dieselben Bücher las, mit der man Theater spielen und in Konzerte gehen konnte und mit der man sich bis tief in die Nacht kaputtlachen konnte.

Columbus, 1933

Ungeduldig sprang Lula Carson die Stufen auf und ab, bis Ginny die Tür aufriss und sie mit Küssen auf beide Wangen ins Haus zog.

»Mama wartet schon im Salon.«

Sie atmete den Duft von Rosen und englischem Tee, der das ganze Haus erfüllte. Ihre Gedanken wurden klar. Die Sonne warf goldene Flecken auf den schwarzen Lack des Flügels, an dem Mary summend in den Noten blätterte.

Ihr Rücken war kerzengerade und ihr schweres braunes Haar am Hinterkopf zu einem eleganten Knoten geschwungen, der ihren langen Nacken betonte. Noch nie hatte Lula Carson solche Anmut an einem Menschen erlebt. An Pferden vielleicht, aber nicht an Menschen. Die Menschen in ihrem Leben – die Geschwister, Mutter, Daddy, Helen –, sie alle waren fantasiebegabt, witzig und mit dem Herzen am richtigen Fleck. Sie liebte sie. Aber sie waren auch verwirrend und anstrengend, schienen immer von einem inneren Chaos beherrscht, das sich fortwährend in Form von aufgelösten Frisuren und Kleidersäumen, von närrischen Äußerungen und unkontrollierbaren Gefühlen Bahn zu brechen suchte.

Mary dagegen war wie eine kühle Hand auf einer heißen Stirn.

Bei ihr konnte sie ruhig werden.

»Eine gute Stunde, Liebes, das war Musik heute.«

Für diese Worte, für Marys erfreuten Händedruck auf ihren Schultern, für ihr zustimmendes Lächeln gab sie alles. Manchmal übte sie, bis die Sehnen ihrer Hände wie Feuer brannten. Manchmal übte sie, bis ihr schwindlig wurde. Sie wusste, dass sie Fortschritte machte. Mozart. Beethoven. Schumann. Ihr Repertoire wuchs. Noch wurde es nicht ausgesprochen, aber der Traum, dass aus ihr tatsächlich eine Konzertpianistin werden könnte, wurde immer mehr zu einer echten Möglichkeit.

Nach einem Jahr hatte Mary endlich ihrem Drängen nachgegeben, mit Bach zu beginnen, den sie beide verehrten wie keinen anderen Komponisten. Stundenlang hätte sie Mary zuhören können, wenn sie Bach spielte. Bach war ihr wie auf den Leib geschneidert. Lula Carson stand hinter ihr, studierte die Noten und Marys Hände.

Dann begann sie selbst.

Anfangs war es nichts als Freude gewesen. Doch das war vorbei.

»Setz dich, Liebes«, sagte Mary ohne besondere Betonung und legte ihre schmale Hand neben sich auf die Klavierbank. Sie nickte aufmunternd. »Lass mich hören, wie es dir mit der Fuge ergangen ist.«

Lula Carson rückte in die Mitte der Bank, ließ die linke Hand einen Augenblick über den Tasten schweben und begann mit den ersten Tönen, leicht, ganz leicht, so wie Mary es ihr beigebracht hatte, so leicht es ihr eben möglich war. »Die Musik liegt in der Pause, verstehst du?«, sagte Mary immer, »zwischen den Tönen. Nirgends kannst du das besser lernen als mit dieser Fuge.« Es gelang nicht. Sie brachte all ihre Geduld auf, bis sie die Musik endlich, erleichtert, unter beiden Händen anschwellen lassen konnte. Sie hätte die ganze Fuge fehlerfrei zu Ende bringen können, aber sie spürte, wie Mary seufzte, und unterbrach ihr Spiel.

»Das ist es immer noch nicht, stimmt's?«

Das Problem stand nun schon seit Wochen zwischen ihnen. Mary blieb immer gleich ruhig und geduldig, und Lula Carson versuchte es ihr gleichzutun, aber allmählich merkte sie, wie sehr es sie anstrengte, immer und immer wieder vor einem Rätsel zu stehen, für das sie keine Lösung fand. Es war, als sei sie selbst ein Ton und Mary ein anderer und der Raum zwischen ihnen beiden leer.

»Nein, nicht ganz, hör mir noch mal genau zu.«

Die rechte Hand entspannt im Schoß, spielte die linke schwerelos die Tonfolge des Themas.

»So. Hörst du das?«

Es war eine ganz andere Musik, ein ganz anderer Raum, der sich eröffnete. Lula Carson lauschte atemlos.

»Ich höre es ...«

»Aber?«

»Ich weiß immer noch nicht, wie ich es machen kann.«

»Das macht nichts. Wir haben Zeit. Du hast Zeit. Du musst nur lernen, sie dir zu nehmen. Hör nochmals genau zu.«

Unruhig rutschte Lula Carson auf der Bank näher, während sie ein weiteres Mal versuchte, das Geheimnis herauszuhören. Sie liebte es, Mary nahe zu sein, ihren Duft zu atmen, ihre Wärme zu spüren. Dieselbe Wärme, die sie auch in ihrer Musik hörte.

»Meinst du, ich bin zu ... zu kalt, um Bach zu spielen?«, fragte sie unsicher.

»Zu kalt?« Mary schenkte ihr einen langen Blick und rückte lachend ein Stück von ihrem Körper ab. »Wie kommst du denn darauf? Du brennst wie ein Ofen, Lula Carson! Was dir fehlt, ist das Maß. Das Maß ist die Kunst. Ob du das jemals begreifen wirst?«

Sie übte mehr als je zuvor und stellte sich dabei immer Mary vor, wie sie sich eine Hand auf die Stirn und eine aufs Herz legte. »Hier und hier, verstehst du das nicht, Liebes?« Lula Carson verstand es wohl, sie hörte es in Marys Spiel, das sie erfüllte bis in ihre Träume, und sie übte bis in die Nacht hinein, bis Lamar im Pyjama die Treppe herunterkam und mit vielsagendem Blick den Deckel über den Tasten schloss.

»Ich weiß, wie hart das ist«, sagte Mary Wochen später. »Vor einem Durchbruch. Lass dich jetzt nicht entmutigen. Ein letzter Versuch für heute.«

Wieder blieb die Fuge farblos. Als der letzte Ton verklungen war, fühlte sie sich von dröhnender Stille umgeben. Ihre Hände zitterten, als stünden sie unter Strom. Endlich nahm Mary sie zwischen ihre eigenen warmen Hände und drückte sie.

»Wir machen eine Pause. Du bist ganz verkrampft. Du musst dich ausruhen.«

War das Mitleid in Marys Augen? Sie riss sich los und sprang auf.

»Ich will mich nicht ausruhen!«, rief sie. »Ich will … ich will so gerne …«

Sie lief verzweifelt aus dem Zimmer. Blind rannte sie den vertrauten Weg durch die staubigen Straßen von Columbus, und als Marguerite ihr mit erschrockenem

Gesicht die Tür öffnete, schob sie sie zur Seite, stürmte in ihr Zimmer und fiel aufs Bett.

Von einem feuchten Tuch, mit dem Marguerite über ihre Stirn strich, wachte sie kurz auf. Auf dem Nachttisch standen kleine braune Fläschchen. Die süßliche Luft im Zimmer ließ sie würgen. An der Tür erkannte sie verschwommen Dr. Cohen, der leise mit Lamar sprach. Dann wich alles wieder ins Dunkel. Mary beugte sich in einem blutroten Abendkleid über die weißen Tasten ihres Flügels, die zu glitzerndem Eis verschwammen, zu einem überfrorenen See, auf dem Kinder in schwarzen Kleidern Schlittschuh liefen, die zwanzig Kinder von Johann Sebastian Bach. Der Meister selbst stand zwischen Schneebergen am Ufer, das aufgedunsene Gesicht, das sie aus den Notenheften kannte, unter der wolkigen Perücke zufrieden lächelnd. Sie sah eines der Kinder immer weiter aufs Eis laufen, sie wollte es warnen, doch da sah sie es schon einbrechen und schrie auf. Jemand ergriff ihre Hand und drückte sie. Marys Hand, die sie hielt, während sie auf der Bühne den Applaus empfingen, und die sie zwang, sich mit ihr zu verneigen, obwohl sie sich schämte. Hier oben zu stehen mit ihrem heißen Kopf, mit den schmutzigen Shorts und dem Staub, der sich auf ihr fing und immer dichter sammelte, bis er in ihren Mund drang und sie fast ersticken ließ …

Zwei Wochen verbrachte sie in Fieberträumen. Danach war sie so schwach, dass sie nicht alleine aufstehen konnte. Marguerite brachte ihr Suppen ans Bett und öffnete das Fenster in den Garten. Die zarte Beweglichkeit des Frühlings war der Hitzestarre des Hochsommers gewichen, der mit der gleichen Schwere auf das Städtchen presste wie in jedem Jahr, an das sich Lula Carson erinnern konnte.

»Brauchst du noch etwas, Liebes?«

Unter ihrem Kleid trug Marguerite schon ihr Badekostüm, und unten hörte Lula Carson ihre Geschwister die Wagentüren schlagen. Die Familie war auf dem Weg zum Strand am Fluss, wie jeden Nachmittag, seit Wochen.

»Ich habe alles, geht ihr nur.«

Sie lauschte den Motorengeräuschen nach und stellte sich den kühlen Fluss vor. Dann nahm sie einen Schluck eisgekühlter Limonade und schlug den Band Dostojewski auf, den Ginny ihr aus der Bibliothek der Tuckers gebracht hatte. Sie las, bis ihr das Buch in der Hand schwer wurde, dann döste sie wieder vor sich hin, und in ihren Gedankenbildern verschwamm die düstere Welt Dostojewskis mit ihrer eigenen, seine grotesken Gestalten mit den Menschen um sie herum.

Eines Nachmittags, als sie schon etwas zu Kräften gekommen war und einen Teil ihrer Tage aufrecht sitzend verbringen konnte, erschien Lamar mit einem Metallkasten in ihrem Zimmer.

»Was ist das?«

Lamar setzte den Kasten auf ihren Schoß. »Mach ihn auf.«

Lula Carson ließ den Verschluss aufschnappen und klappte den Deckel zurück. »Daddy!«, rief sie begeistert. »Eine Schreibmaschine. Sie ist wunderwunderschön, soll die mir gehören?«

»Dir und sonst keinem, Liebling. Damit du eine Beschäftigung hast, solange du hier festsitzt.«

Ungläubig strich Lula Carson über die runden weißen Buchstabentasten, die in vier Reihen zu einem metallenen Fächer hin aufstiegen, gekrönt von einem Kranz von Bleilettern.

Lamar zog ein Blatt Papier aus einer Mappe und zeigte ihr, wie man es zwischen die beiden Walzen spannte.

»So, jetzt probiere es mal aus.«

»Einfach drücken?«

Er nickte.

Sie ließ den Finger auf das C sinken, so, wie sie es beim Klavierspielen tat. Der Tastendruck setzte den Metallhebel mit dem Buchstaben in Bewegung, welcher auf einem tintengetränkten Stoffband aufschlug und einen schwachen Abdruck auf dem Papier hinterließ.

»Fester! Du darfst ruhig fester draufhauen.« Aufgeregt schob sich Lamar die Ärmel hoch.

Energisch hackte sie auf den Buchstaben ein. Und schon hatte sie ein sauberes C auf das Papier gedruckt. Sie klatschte in die Hände. Ihre Fingerspitzen strichen über die chromgerahmten Tasten und über das Emaille des Metallkörpers der Maschine, die mindestens so schwarz und schön glänzte wie Marys Flügel. Dann tippte sie langsam und konzentriert *lulacarsonsmith*. Lamar zeigte ihr, wie sie das Schiff mit den Lettern höher stellen und Großbuchstaben erzeugen konnte. Die größte und schönste Taste aber nahm die ganze unterste Reihe für sich alleine ein. Ein glatter schwarzer Balken, den man nur leicht mit dem Daumen berühren brauchte, um die Rollen mit dem Papier um eine Buchstabenbreite nach vorne zu transportieren, ohne das Papier zu bedrucken. Der Erfinder dieser Maschine musste Klavierspieler gewesen sein. Ein Klavierspieler, der dem Raum zwischen den Wörtern die gleiche Bedeutung beimaß wie dem Raum zwischen den Tönen.

Sie fühlte sich, als hätte sie eine große Entdeckung gemacht. Sie wusste zwar nicht, welche, aber das würde sie schon noch herausfinden.

Lula Carson Smith tippte sie bedächtig. Und nachdem sie ihren Namen lange betrachtet hatte, griff sie nach dem rechts an der Maschine angebrachten Chromhebel und schob damit die Zeile so lange schrittweise zurück, bis sie wieder beim ersten Buchstaben angelangt war. Dann ließ sie ihren ersten Vornamen, lächerlich und unpassend, wie er ihr auf einmal schien, unter vier großen X verschwinden.

Nie wieder sollte sie irgendwer Lula Carson nennen.

Sie war Carson.

Quälend langsam kehrte die Kraft in ihren Körper zurück. Immer noch brach ihr beim Versuch, sich ans Klavier im Wohnzimmer zu schleppen und ein paar Etüden zu spielen, vor Schwäche der Schweiß aus; sie kroch entmutigt in ihr Bett zurück und setzte sich die Schreibmaschine auf den Schoß. Eine kleine Geschichte zu schreiben, die aus ihren eigenen Träumen entstand und nur diesen genügen musste, war leicht, um vieles leichter, als Mozart oder gar Bach gerecht zu werden. Die Musik, die sie mehr als alles geliebt hatte, war zu fordernd, zu streng, zu herrisch geworden. Sie schaffte es einfach nicht mehr. Es überstieg ihre Kräfte, nicht nur jetzt, da sie vom

Fieber geschwächt war. Die Quelle, aus der sie für ein Leben im Rampenlicht der Konzertbühnen beständig würde schöpfen müssen, schien ihr schon jetzt versiegt.

Während Carson in ihrem Zimmer lag und träumend dem Leben nachhing, das sich draußen ohne sie abspielte, gestand sie sich ein, dass sich diese Gewissheit schon seit Monaten angebahnt hatte. Seit fast zehn Jahren war das Klavier ihr Leben, ihre glänzende Zukunft als Pianistin ausgemachte Sache. Das Loch, in das die Erkenntnis ihres Ungenügens sie gestoßen hätte, wäre ohne Boden gewesen. Sie hatte erst einen Rettungsring gebraucht, um sie zuzulassen. Jetzt war da die Schreibmaschine. Sie träumte und hackte in die Tasten, und es entstand eine Welt, über die sie herrschen konnte, anstatt von ihr beherrscht zu werden.

Sie würde keine Konzertpianistin werden.

Sie würde Schriftstellerin werden.

Doch kein Wort davon, zu niemandem!

Mary Tucker bemerkte sofort, dass eine Wandlung in ihrer Schülerin vorgegangen war, als sie sie nach langen, sorgenvollen Monaten endlich wieder zum Unterricht empfangen konnte. Ihr Gesicht war schmaler geworden, sie trug das Haar in einem Knoten am Hinterkopf, und statt in den ewigen Shorts steckte ihr Körper in einem Kleid, wie es in diesem Herbst an allen jungen Mädchen zu sehen war. Blass und froh lächelnd winkte sie Mary zu, während sie den Weg durch den Garten heraufkam, aber sie machte nicht wie früher einen Luftsprung, um ihr die letzten Meter entgegenzurennen. Ihre Wangen waren kühl.

Sie wollte jetzt nur noch Carson genannt werden, auch von Ginny, die sofort die Treppen heruntergestürzt kam, um ihrer lang entbehrten Freundin um den Hals zu fallen und sich nach der Stunde bei den Pferdeställen zu verabreden.

Mary beobachtete, wie Carson mit dem Zeigefinger ein C anschlug, bevor sie sich hinter die Tasten setzte. Das Fieber schien ihre Nerven und ihre Sehnen, die vor der Krankheit wie Drahtseile gewesen waren, entspannt zu haben. Als Mary sich neben sie setzte, legte Carson ihr für einen Augenblick den Kopf auf die Schulter und seufzte.

»Ach, Mary, wie habe ich dich vermisst …«

Mary räusperte sich. »Ich habe dich auch vermisst, Liebes. Was wollen wir spielen?«

»Ich weiß nicht.«

»Die Mondscheinsonate?«

»Warum nicht?«

Damit hatten sie vor zwei Jahren zusammen angefangen, als »Gegengift« zur Raserei der Rhapsodie, und es hatte viel zu lachen gegeben, bis Beethoven das Mädchen »eingefangen« hatte und sie den gemessenen Schritt ertragen konnte.

Carson begann und spielte die Sonate bis zum Ende. Mary staunte über die Ruhe ihrer Hände, über die ungewohnte Geduld, mit der sie Takt für Takt ausführte. Sie hatte sich vorgenommen, in der ersten Stunde an nichts zu tasten, was sie irgendwie erregen oder verunsichern konnte, aber nun konnte sie sich nicht zurückhalten.

»Was meinst du, willst du die Fuge mal versuchen? Da, wo wir aufgehört haben?«

Carson nickte, als sei nichts Besonderes dabei, als erinnere sie sich nicht einmal an die Krise, die Bach bei ihr ausgelöst hatte. Sie wölbte beide Hände über ihre Knie, pustete einmal in die Ponyfransen und hob die linke Hand über die Tasten.

Mary schloss die Augen.

Das Thema kam klar und rein, die Variationen, als gäbe es nichts zu meistern. Vor Erleichterung schlug ihr das Herz im Hals. Sie hatte solche Sorge gehabt um das Mädchen, solche Angst, dass sie es überfordert hatte.

Doch jetzt war sie wieder voller Zuversicht.

Carson machte weiter Fortschritte. Sie übte nicht mehr so viel wie vor der Krankheit, aber ihr Spiel wurde reifer und gelassener. Im Winter gaben sie zusammen einen kleinen Konzertabend.

Mary fiel auch auf, dass Carson jetzt mehr Wert auf ihr Äußeres legte, sie kleidete sich geschmackvoll und wurde plötzlich richtig hübsch. Vielleicht war sie verliebt? Falls es da einen Jungen gab, konnte sie jedenfalls nicht sehr viel Zeit mit ihm verbringen, denn sie schien jetzt beinahe ständig im Hause zu sein.

Ihren sechzehnten Geburtstag feierten sie mit einem Ausritt in die Wälder. Mary, Ginny und Carson. Es war schon früh warm geworden in diesem Jahr, die Sonne bereits stark genug, um den Duft der Pinien aufzubrechen. In den Wipfeln zwitscherte ein vielstimmiges Orchester, während sie auf der mitgebrachten Decke saßen, Tee tranken und schweigend den Pferden beim Grasen auf der Lichtung zusahen.

Der Sommer wurde lang und harmonisch. Mary

half Carson dabei, sich auf ein erstes Repertoire festzulegen, hingebungsvoll schliffen sie zusammen an den Feinheiten. Der Name *Juilliard* fiel jetzt immer öfter. Lamar hatte Mary in einem Gespräch über Carsons weitere Ausbildung zwar vorsichtig darum gebeten, dem Mädchen keinen Floh ins Ohr zu setzen; *Juilliard* war schließlich nicht nur die beste, sondern auch die teuerste Musikschule im ganzen Land, und drei Leben würden nicht ausreichen, um so viele Ringe zu schmieden und Uhren zu reparieren, um das zu bezahlen. Aber Mary hatte ihn beruhigen können. Für besondere Talente fand sich immer ein Weg. Marguerite hatte den kleinlichen Einwand ohnehin sofort vom Tisch gewischt. Natürlich würde ihr Mädchen *Juilliard* besuchen, wenn sie das wollte.

Eilig zumindest schien Carson es jedoch nicht zu haben. Sie zeigte keinen übertriebenen Eifer, ihre früher immer drängende Ungeduld schien ihrem Wesen auf immer entwichen zu sein. Selbst der Abschluss der Highschool versetzte sie in keinerlei Aufbruchstimmung. Sie schien zufrieden mit dem, was war. Sie war nun wirklich beinahe zu einem Teil der Familie Tucker geworden, bewegte sich völlig frei im Hause und schien allen seinen Bewohnern mit der gleichen Selbstverständlichkeit zu begegnen.

Eines Abends kam der Colonel nach Hause und teilte seiner Familie mit, dass er versetzt würde, nach Fort Howard, Maryland, zweihundert Meilen nördlich von Columbus. Vier Wochen Zeit hätten sie, den Umzug vorzubereiten. Mary, Ginny und Luke waren entsetzt. Aber sie verzogen keine Miene. Jeder Protest erübrigte sich von selbst, sie waren eine Offiziersfamilie. Es war nicht das erste Mal, dass sie ihre Zelte abbrachen, und es würde auch nicht das letzte Mal sein.

Ausgerechnet am Tag darauf erschien Carson zu früh zum Unterricht. Mary hatte sich noch nicht zurechtgelegt, wie sie ihr die bevorstehende Trennung schonend beibringen konnte. Sie beschloss, den Augenblick aufzuschieben, Carson einfach spielen zu lassen, eine ganz normale Unterrichtsstunde, eine letzte »gute Stunde Musik«.

Carson stellte ihr Heft mit der Schumann-Fantasie auf den Ständer, rundete einen Augenblick lang die Hände um ihre Knie und begann mit geschlossenen Augen zu spielen. Mary saß ein Stück hinter ihr auf einem Stuhl und schloss ebenfalls die Augen. Die Musik erfüllte den Raum und verband die beiden Frauen, fasste sie wie eins zusammen. Mary unterbrach Carson nicht, ging nicht zu ihr, um ihr die Hand auf die Schulter zu legen, und schwieg, als das Stück endete. Carson legte den Kopf in den Nacken und lächelte, sie schien das Schweigen zu genießen.

Es klopfte an die Tür und Ginny steckte ihren blonden Kopf herein. »Mommy, Gerald muss wissen, was mit den Pferden geschehen soll.« Sie warf Carson einen unsicheren Seitenblick zu, begriff, dass sie noch ahnungslos war, entschuldigte sich und zog die Tür leise wieder hinter sich zu.

»Was ist mit den Pferden?« Carson drehte sich zu Mary um.

Mary stand auf und ging ein paar Schritte auf sie zu. »Wir werden sie mit nach Maryland nehmen, wir ...«

»Maryland? Ihr verreist? Mit den Pferden?« Carsons Augen leuchteten auf, wie immer, wenn eine Abwechslung anstand.

Mary wandte den Blick ab.

»Wir werden Columbus verlassen. Der Colonel wird versetzt. Carson ...«

»Ihr wollt weggehen?«

»Natürlich wollen wir das nicht, Liebes, du weißt doch ...«

»Wann?«

»In vier Wochen, wir werden schon bald mit dem Packen ...«

»Und ich?«, fiel ihr Carson ins Wort.

»Du wirst uns besuchen. Und ... im Herbst gehst du auf die *Juilliard*.«

»Ich will mitkommen.«

»Du weißt, dass das nicht geht.«

»Warum soll das nicht gehen?« Carson sprang so heftig auf, dass die Klavierbank nach hinten fiel. Mary machte einen Schritt zurück.

»Ihr geht weg, und ich bleib hier?«

Mary nickte traurig. »Du bleibst natürlich bei deiner Fam...«

»Das könnt ihr nicht machen! Ich ...«

Ratlos sah Mary zu, wie Carsons graue Augen sich füllten und überliefen. Sie zog die Lippen nach innen und biss darauf, ihr Oberkörper schwankte vor und zurück. Dann sprang sie auf, packte Mary und presste sie an sich. Die Berührung war heftig und eng, unerträglich für Mary. Sie wollte das Mädchen mit aller Kraft von sich stemmen. Da umfasste Carson ihren Kopf fest mit beiden Händen und küsste sie auf den Mund.

Mit einem leisen Schrei tauchte Mary unter ihren Händen weg.

»Ich weiß nicht, was in dich gefahren ist«, keuchte sie. Sie hastete zur Tür und riss sie mit einer Hand auf, während der Zeigefinger ihrer anderen Hand Richtung Ausgang schnellte. Ihr Gesicht leuchtete in zornigem Rot.

Nie im Leben hätte Carson Mary einen solchen Zorn zugetraut. Ihre Knie zitterten. Mit leerem Kopf schwankte sie zur Tür, an Mary vorbei, die sich mit abgewandtem Gesicht an den Türrahmen presste. Alles ging blitzschnell. Die schönste Zeit ihres Lebens – vorbei. Sie war allein.

Während die Tuckers ihren Umzug vorbereiteten, lag Carson wieder mit Fieber im Bett. Und wieder pflegte Marguerite sie hingebungsvoll. Sie spürte, wie sehr ihr kleines Mädchen sich verletzt fühlte, auch wenn Carson kein Wort darüber verlor, was sich abgespielt hatte, weder jetzt noch irgendwann später. Mary kam sie kein einziges Mal besuchen. Einmal kam Ginny vorbei und setzte sich zu ihr, blieb aber nur kurz, und bevor sie wieder ging, packte sie alle Bücher ein, die sie ihrer Freundin geliehen hatte.

Nach vier Wochen hatte sich Carson so weit erholt, dass sie das Haus verlassen konnte. Sie kramte ihre alten Shorts hervor, und es war ihr egal, dass sie eigentlich nicht mehr zu ihr passten. In der Garderobe nahm sie sich die alte Schiebermütze, die dort immer hing, und eine von Lamars Arbeitsjacken. Auf schwachen Beinen, die dünn waren wie nie zuvor, stakste sie in die gleißende Sonne.

Auf der Veranda der Tuckers standen sieben Lederkoffer, der Größe nach in ordentlicher Reihe. An den Griffen baumelten mit Ösen und Schnüren befestigte Kartonschilder, darauf in sauberer Druckschrift die neue Adresse in Maryland. Durch die geöffneten Fenster drang der vertraute Gesang der Köchin, dazwischen hörte man im Haus Marys und Ginnys Absätze die Holztreppen rauf- und runterklappern. Draußen bei den Koffern wartete der kleine Luke. Aus dem feinen Haar liefen ihm Schweißperlen auf die gewölbte Stirn und über die gerötete Nase, aber ansonsten schien dem Kind die Mittagshitze nichts auszumachen. Es war zu sehr in sein Spiel mit den Schnüren und Schnallen der Gepäckstücke vertieft, um nach der Mutter oder nach der Schwester zu rufen.

Nach einigen Minuten hielt ein weißes Auto mit Chromfelgen und Ladefläche vor dem Haus und heraus stieg Colonel Tucker, ausnahmsweise nicht in Uniform, sondern in einen hellen Leinenanzug gekleidet, die polierten Lederschuhe einen vor den anderen in den Staub setzend. Als er das Kind sitzen sah, beschleunigte sich sein Schritt. In wenigen Sekunden war er bei ihm auf der Veranda, nahm es auf den Arm und setzte ihm seinen Hut auf den Kopf. Jetzt lag die rote Nase im Schatten der Krempe, die Augen begraben unter dem viel zu großen Hut, doch auch das konnte das Kind nicht aus der Ruhe bringen. Begeistert und zusammenhanglos begann es zu erzählen, ein ununterbrochener Strom von Worten quoll aus ihm hervor.

Der Colonel war so mit dem Kind und mit den Koffern beschäftigt, die er einen nach dem anderen in den Kofferraum hievte, dass er Carson nicht bemerkte, die im Schatten der Platane auf der anderen Straßenseite mit der Schulter gegen den Baum lehnte und, ohne zu blinzeln, das Haus beobachtete.

Die Verandatür öffnete sich, und Ginny Tucker stürzte heraus. Sie trug das neue marineblaue Polokleid mit dem weißen Kragen, das ihr die Mutter genäht hatte, und umarmte den Colonel, bevor sie in den Wagen kletterte. Zuletzt trat Mrs Tucker aus dem Haus, auch sie in einem neuen Kleid, den Rücken kerzengerade. Sie trug einen schweren Korb mit mehreren Flaschen, so dass man an ihrem Hals die Sehnen hervortreten sah. Ihr Blick ging einmal rundherum, über die Gestalt im Baumschatten hinweg. Ihre Brust hob sich unter einem tiefen Atemzug. Dann verschwand auch sie im Wagen, der rasselnd in Gang kam und die ganze Familie die Straße entlang aus Carsons Blickfeld beförderte. Zurück blieb eine graue, stinkende Wolke und, als diese sich verflüchtigt hatte, ein einarmiger Teddybär auf den Verandastufen.

Das Mädchen im Schatten der Platane schmeckte den bitteren Staub auf der Zunge. Es wusste, dass es diesen Geschmack nicht mehr vergessen würde.

Mittag

Nyack, 2. Oktober 1967

Das Blatt, auf dem die Worte stehen sollen, die ich Carson morgen mitgeben will, ist immer noch leer. Sosehr ich mich auf den schlichten Akt des Schreibens besinnen will, der letztlich immer damit beginnen muss, die Hand über das Papier zu bewegen, um die Worte aus der Leere hervorbrechen zu lassen, so hartnäckig entzieht sich diese einfache Fähigkeit meiner Verfügung. Jedes Mal, wenn die Tinte an der Spitze des Füllfederhalters trocknet, befeuchte ich sie mit der Zunge. Meine Zunge ist blau, die Seite bleibt weiß.

Irgendwann kapituliere ich und nicke der weißen Seite zu, mit der bedeutungsvollen Zurückhaltung desjenigen, der nach vielen Jahren getrennter Wege jemandem begegnet, der ihm einst sehr nahe gewesen war und ihn dann jäh verraten hatte.

Ich stehe auf, schüttle mich und begebe mich erneut auf Wanderschaft durch das dunkle Zimmer. Wieder führt mich die Suche nach Inspiration vor den Koffer mit der unvollendeten Autobiografie. Carsons Versuch, ihr Leben zu beschreiben, war ein einziges großes Mühen. Der Titel jedoch stand von Anfang an fest: *Illumination and Night Glare*, Erleuchtung und finstere Nacht, und ich finde, sie hätte keinen besseren wählen können. Er umfasst die ganze zerrissene Spannweite ihres Lebens. Sie hat vom Besten gehabt, was das Leben einem Menschen bieten kann, und vom Schrecklichsten dazu.

Ich bleibe stehen und hebe den Deckel. Meine Finger ziehen irgendeine Seite heraus, zufällig wie ein Lotterielos.

»Er war der bestaussehendste Mann, den ich je gesehen hatte.«

Und an anderer Stelle:

»Er war der erste Mann, den ich geküsst habe, und wir haben geheiratet.«

Das sind nicht unbedingt die tiefschürfendsten Gedanken, die je zum Thema Liebe ausgedrückt wurden. Noch bilden diese Worte überhaupt ein Gefühl ab. Dürrer hätte Carson den Beginn der wichtigsten Beziehung in ihrem Leben kaum ausdrücken können. Als junges, unerfahrenes Mädchen heiratete sie Reeves McCullers, und als reifere Frau tat sie es noch einmal. Kurzen Phasen der Harmonie folgten lange Jahre des Schmerzes und der Verbitterung, aber allem zum Trotz blieben sich Carson und Reeves zwanzig Jahre lang eng verbunden, bis zu Reeves' Tod, und vielleicht noch darüber hinaus. Und darüber sollte eine begabte Schriftstellerin wie sie nicht mehr zu sagen gehabt haben, als dass er gut aussehend gewesen sei und sie geküsst habe?

Aber so hat sie es diktiert, so steht es da, auf einem der ungeordneten Blätter, die in dem Koffer darauf warten, dass jemand ein Buch aus ihnen macht. Das Buch mit Carsons Version ihrer selbst. Mit dem Bild, das sie von sich hinterlassen will.

Ich ziehe eine dritte Seite hervor, und mein Blick fällt auf einen Satz, den ich selbst irgendwann am Rand mit einem dicken Kreuz markiert habe. Auch dieser Satz kleidet ein Geschehen, das groß und mächtig in ihr Leben gewirkt hatte, in die denkbar einfachsten Worte:

»Ich wurde in sehr jungen Jahren über Nacht berühmt.«

Und wenn es nicht dazu gekommen wäre, zu diesem Aufflammen aus dem Nichts? Wenn *Das Herz ist ein einsamer Jäger* nicht den überwältigenden Erfolg gehabt hätte, der sie von einem Tag auf den anderen in eine neue Umlaufbahn warf?

Carson hängte die modischen Mädchenkleider in den Schrank und holte von nun an nur noch lange Hosen und weiße Herrenhemden daraus hervor. Nie würde sie über den Schock, den der plötzliche Bruch mit Mary in ihr verursacht hatte, mit irgendjemandem sprechen. Dass sie den Verlust ihrer ersten großen Liebe dennoch lebenslang abarbeiten würde, in ihrem Schreiben, mit dem sie gerade erst anfing, dass sie ihren Figuren stets aufs Neue das Herz herausreißen und sie allein zurücklassen würde, das ahnte sie nicht.

Im Sommer nach der Abreise der Tuckers war ihr Kopf so leer wie ihr Herz. Auch ihre Tage waren leer, die viele freie Zeit, die sie plötzlich hatte, hing an ihr wie ein zu großer Mantel. Zuerst setzte sie sich immer noch jeden Tag ans Klavier, aber sie tat es nicht mehr aus einem inneren Drang heraus, sondern um den Fragen ihrer Mutter aus dem Weg zu gehen. An den Nachmittagen stieg sie auf ihr Fahrrad und fuhr zum Fluss. Oder sie stöberte in den Geschäften der Broad Street, wo sie bald jeden einzelnen verkäuflichen Artikel in der Hand gehalten und wieder zurückgegeben hatte.

Im August lernte sie während eines Rachmaninow-Konzertes in Atlanta einen jungen Mann kennen. Er war dreiundzwanzig Jahre alt, hieß Edwin Peacock und wurde zum einzigen Freund, den sie in Columbus hatte.

Edwin arbeitete vormittags in der Schreibstube von Fort Benning, aber den Rest des Tages hatte er Zeit, um mit Carson in seiner kleinen Wohnung Schallplatten zu hören und Bier zu trinken. Sie diskutierten Faulkner, und Edwin brachte ihr die Gedanken von Karl Marx näher, die dem Unbehagen über die Ungerechtigkeiten, die sie von Kindesbeinen an in den Straßen ihrer Heimat bezeugen musste, eine Sprache gaben.

Carson brachte Edwin mit nach Hause, und Marguerite machte ihn sogleich zu einem Teil der zwanglosen Abendgesellschaften, die sie ausrichtete, seit ihre Kinder nicht mehr klein waren. Edwin war der Funken Leben, der Carson in Columbus durchhalten ließ, bis sie im Herbst endlich ihre Sachen packen konnte. Es war Edwin, der neben ihren Eltern am Pier von Savannah stand und mit einem weißen Taschentuch dem Dampfer nachwinkte, der Carson nach New York brachte.

Lamar hatte den Smaragdring verkauft, den Carsons Großmutter ihr vermacht hatte, 600 Dollar brachte er ein, genug für das Schulgeld an der *Juilliard,* ein Bett und Essen für ein Jahr. Marguerite nähte die Scheine in das Futter von Carsons Jacke. Sie und Lamar waren zuversichtlich, dass es ihrer Tochter wohlergehen würde, zumal sie arrangiert hatten, dass sie in New York schon am Bahnhof von Casey Willofs abgeholt würde, der drei Jahre älteren Tochter eines befreundeten Notars. Casey war in der Stadt schon heimisch geworden, und bei ihr sollte Carson wohnen, bis sie eine andere Unterkunft fand. Wenn man sich von dem gelb gefärbten Haar und den grellroten Lippen des Mädchens nicht dazu verleiten ließ, Rückschlüsse auf den Lebenswandel zu ziehen, konnte man davon ausgehen, dass für alles gesorgt war. Die Träne, die sich Marguerite beim Abschied aus dem Augenwinkel tupfte, entsprang allein Stolz und Aufregung.

New York, 1934

Dass Carson die Jacke mit dem Geld schon am ersten Tag in der Subway verlor, dass sie den Unterricht an der *Juilliard* nie antrat – und nie anzutreten vorgehabt hatte –, dass sie sich aus Panik vor den grellen Massen Manhattans manchmal in die Telefonkabinen in Macy's Drugstore flüchtete und dort stundenlang mit angezogenen Beinen hockte, bis die Angestellten sie hinauswarfen – von alldem ahnten ihre Eltern nichts.

Davon erfuhr nur Edwin. Ihm schickte sie beinahe täglich Briefe nach Columbus. Sie beschrieb ihm die rußige Enge des Hinterhofs, die schwach erleuchteten Fenster, vor denen Windeln und Nylonstrümpfe zum Trocknen hingen, Carsons einzigen Ausblick aus der winzigen Wohnung, die sie sich mit einer neuen Freundin teilte. Hier erfüllte sie Abend für Abend die Aufgaben, die Sylvia Bates ihr stellte, ihre Lehrerin an der *Columbia*, wo sie sich in einen Creative-Writing-Kurs eingeschrieben hatte. »Und wieder habe ich Glück gehabt, Edwin«, schrieb sie, »wieder bin ich an eine Lehrerin geraten, die mich erkennt und die mir genau das beibringt, was ich wissen muss. Sie ist fast so streng wie meine Klavierlehrerin, es ist schrecklich, wenn sie mir meine Geschichten zurückgibt, die Hälfte durchgestrichen und die andere Hälfte mit roten Fragezeichen verziert ist. Aber ich merke, wie ich lerne.«

Nach Weihnachten hatte sie sich eingelebt, in ihren

Briefen schwärmte sie vom knirschenden Schnee. Von ihm hatte sie ihre ganze Kindheit über geträumt. Der Schnee verwandelte die sonst so stinkenden Straßen von Manhattan in glitzernde Gassen, die Carson Nacht für Nacht durchwanderte, in zwei Mäntel und drei Paar Strümpfe gehüllt, den Kopf voller Geschichten, die eine nach der anderen in ihr heranwuchsen.

Doch während die Schublade mit den Kurzgeschichten sich füllte, wurden ihr Geldbeutel und ihr Magen immer leerer. Bald wimmelte es in ihren Briefen von kurvigen Damen mit manikürten Händen, welche die Büros und Redaktionen bevölkerten, wo Carson sich jeweils die nötigen Dollars zum Überleben verdiente. Bis sie ein ums andere Mal gefeuert wurde, weil sie wieder einmal am Schreibtisch in einen Band Tolstoi versunken ertappt worden war. Für Erwerbsarbeit schien sie nicht geeignet. Diese Erkenntnis beunruhigte sie und hätte sie tatsächlich bald vor schwerwiegende Probleme gestellt. Doch genau an dem Tag, an dem sie feststellen musste, dass ihre Haushaltskasse nicht einmal mehr für einen Viertelliter Milch reichte, gelang es Sylvia Bates, Carsons erste Erzählung an *Story* zu vermitteln. Mit *Wunderkind* hatte Carson ihr erstes Geld mit dem Schreiben verdient. Und *Story* war nicht irgendeine Zeitschrift, es war *die* Zeitschrift, und von dem Moment an, in dem Carson ihre eigenen Worte darin gedruckt fand, sprach sie von sich selbst als Schriftstellerin.

Edwin liebte ihre Briefe, und weil er wusste, wie sehr sich Carson danach sehnte, revanchierte er sich mit ausführlichen Berichten aus Columbus. Er schilderte ihr die »Salonabende« bei ihrer Mutter, die inzwischen zum Mittelpunkt der kleinen liberalen Gesellschaft des Städtchens avanciert waren. Marguerite gelang es immer wieder, jeden, der nur irgendwie mit Musik, Literatur oder Kunst zu tun hatte, kennenzulernen und einzuladen. Lamar hingegen sah man auch nachts immer öfter hinter seiner Arbeitsbank im Laden in der Broad Street sitzen. Er schien es meist nicht eilig zu haben, sich der bunten Truppe zu Hause anzuschließen, und wenn er doch teilnahm, dann meist mit einem abwesenden Blick hinter seinen Brillengläsern.

Und das Wetter: New York mochte mit Frost und Schnee überzuckert sein, zu Hause im Süden war der Winter dafür noch milder als sonst, im Januar schon sah man die ersten Knospen an den Pfirsichbäumen. Anscheinend fehle den Nerven der Menschen die Abkühlung, denn überall breite sich eine gereizte Stimmung aus, die zu verstörenden Zwischenfällen führe. »Du erinnerst dich doch an Bess, die mir mit der Wäsche hilft?«, schrieb er. »Dir hat ihr abgrundtiefes Lachen so gefallen. Nun – der Klan hat ihr das Lachen ausgetrieben. Eines Nachts stand die Hütte ihres einzigen Sohnes in Flammen. Moses ist in seinem Bett verbrannt. Bess ist über Nacht ergraut und verstummt. Und keiner weiß, welcher unserer rechtschaffenen weißen Mitbürger dahintersteckt. Das ist das Schlimmste. Manchmal will ich nur noch weg von hier.«

Carson saß in New York, schrieb an ihren Kurzgeschichten und begann ihr Leben als Schriftstellerin. Aber sie war einsam, und Edwins Briefe linderten eine unbestimmte Sehnsucht, die langsam von ihr Besitz ergriff und die ihr immer öfter einflüsterte, das Schreiben sein zu lassen, stattdessen in eine Bar zu gehen und den Durst mit Bier und Bourbon zu löschen.

Im Frühjahr tauchte plötzlich ein junger Mann in Edwins Briefen auf. Sergeant James Reeves McCullers hatte sich auf drei Jahre zum Militärdienst in Fort Bennett verpflichtet. Die beiden Männer waren sich in der öffentlichen Leihbibliothek begegnet. Der Funke war sofort übergesprungen. Nun saß Reeves – wie früher Carson – jeden Abend in Edwins Wohnzimmer, um zu trinken und zu diskutieren. »Du wirst ihn lieben, Carson«, schrieb Edwin. »Er sieht umwerfend aus. Ich habe ihm von dir erzählt. Wann kommst du heim?«

»Ich glaube, dass Sie es schaffen können, Miss Smith«, sagte Sylvia Bates.

Carson hatte ihr zum Abschluss des Semesters eine kleine Sammlung mit Kurzgeschichten anvertraut, die die Lehrerin noch in derselben Nacht gelesen hatte. »Das ist noch etwas unreif, aber längst nicht so unreif, wie man in Ihrem Alter erwarten würde.« Sie legte ihre gespreizte Hand auf das Manuskript und imitierte mit dem klopfenden Zeigefinger einen sanften Herzschlag. »Es hat einen ganz eigenen natürlichen Rhythmus. Und den Figuren fließt echtes Blut in den Adern.«

»Ja?« Carson setzte sich aufrecht und schluckte.

»Wissen Sie das denn nicht selbst?«

»Nein.«

»Nein?«

»Doch, vielleicht …«

»Aber?« Miss Bates nahm die Brille ab und betrachtete das kindliche Gesicht, die runden grauen Augen, die an ihren Lippen hingen.

»Ich habe auch Angst«, sagte Carson leise und kratzte

nervös an ihren Unterarmen. »Ach was – Angst, einen Riesenbammel habe ich, ich kriege kaum mehr ein Auge zu. Hört sich das sehr dumm an?«

Sylvia Bates schwieg einen Augenblick, sie wusste, wie viel davon abhängen konnte, was sie jetzt erwiderte.

»Ganz und gar nicht, Miss Smith«, sagte sie schließlich. »Das ist alles andere. Aber nicht dumm.«

»Und … und wie soll ich jetzt weitermachen?« Carson rutschte in ihrem Stuhl und blies sich die ungewaschenen Fransen aus der Stirn.

Sylvia Bates lächelte aufmunternd. »Wir sollten sehen, dass Sie bis zum Herbst noch ein oder zwei kleine Veröffentlichungen vorzuweisen haben.« Mit der flachen Hand strich sie über die Manuskriptseiten. »Wenn Sie wollen, werde ich mich darum kümmern.«

Dann legte sie ihre Brille ab und beugte sich zu dem jungen Mädchen vor.

»Sie fahren jetzt erst einmal nach Hause. Ruhen sich aus. Tun nur das, was Siebzehnjährige im Allgemeinen so tun. Und lassen Sie sich von Ihrer Mutter ein bisschen Fleisch auf die Rippen füttern.« Sie stand auf und grinste. »Sicher gibt es da, wo Sie herkommen …«

»Columbus, Georgia«, unterbrach sie Carson, während sie gemeinsam zur Tür gingen, als ob es wichtig wäre, das klarzustellen.

»Sicher gibt es in Columbus so etwas wie einen bezahlbaren Friseur. Und ein zweites Paar Hosen wird sich vielleicht auch auftreiben lassen? Im Herbst sehen wir uns wieder.«

Columbus, Juni 1935

Wenige Tage nach diesem Gespräch traf Carson in Edwins Wohnzimmer auf Reeves McCullers. Obwohl Edwin ihn in seinen Briefen so ausführlich beschrieben hatte, dass sie ihn bereits zu kennen glaubte, war sein leibhaftiger Anblick ein Schock.

»Er war der bestaussehendste Mann, den ich je gesehen hatte.«

Reeves sah jünger aus als seine zweiundzwanzig Jahre, sein Körper war von katzenhafter Geschmeidigkeit, und sein Gesicht war so klar und hell, dass sie nicht die Augen abwenden konnte. Nachdem Edwin sie einander vorgestellt hatte, verschwand er in seiner winzigen Küche, wo er erstaunlich lange nach dem Bier in der Eisbox suchte. Carson fiel nichts ein, worüber sie sich mit Reeves unterhalten konnte, und auch Reeves suchte vergeblich nach Worten, also lächelte er sie nur an und ließ seinen ganzen jungenhaften Charme in seinen Augen aufleuchten. Carson spürte, wie sehr er ihr gefallen wollte, und sie merkte, wie ihr das Blut in die Wangen stieg.

Sie setzte sich auf einen der beiden verschlissenen Sessel in dem kleinen Zimmer und lud Reeves mit einer Handbewegung ein, ihr gegenüber Platz zu nehmen. Nicht nur seine Schönheit zwang sie, ihn unentwegt anzusehen, während sie etwas steif dasaßen, es war, als würde sie in ein Spiegelbild blicken oder vielmehr in ein umgekehrtes Spiegelbild. Sie sah in ihm den kleinen Jungen, den jede beliebige Rasselbande zum Anführer erkor, sie erkannte den Kapitän der Schulmannschaft, den Highschool-Mädchenschwarm, den geschickten Schüler, dem die Lehrer die besten Empfehlungen schrieben. Blond, beliebt, selbstsicher – Reeves war all das, was sie selbst nie sein konnte. Trotzdem erkannte sie in ihm auch einen Zwilling: das gleiche Streben nach der verborgenen Wahrheit, die gleiche Empfindlichkeit, die gleiche Suche.

»Na, ihr beiden«, sagte Edwin, als er die lange Suche nach dem Bier endlich erfolgreich abgeschlossen hatte und ins Zimmer zurückkam. »Habt ihr euch schon ein wenig beschnuppert?« Theatralisch verdrehte er die Augen über seine eigene Bemerkung. Reeves und Carson sahen sich grinsend an.

»Noch nicht«, sagte Reeves, »warte.« Er stand auf und neigte sein Gesicht an Carsons Hals, wo er schnüffelnde Geräusche machte. Sie bekam eine Gänsehaut und unterdrückte ein Kichern.

»Doch«, sagte Reeves mit aufgesetzter Kennerstimme, »riecht angenehm nach Frau. Und nach Tinte.«

»Soso«, sagte Edwin und wiegte altväterlich den Kopf. »Und zu welchem Urteil ist die junge Dame gekommen?«

»Das ist doch …« Mit hochrotem Gesicht stand Carson auf und stemmte die Fäuste in die Taille, sich ihrer absoluten Unerfahrenheit mit Männern schlagartig bewusst. Doch Edwin strahlte sie an, und Reeves lächelte derartig entwaffnend, dass sie sich gleich wieder entspannte. Sie machte einen Schritt auf Reeves zu und nahm schweigend seine Hand. Sie drehte sie um und beugte sich zu der weichen Handfläche, bis ihre Nase sie sanft berührte.

Sie machte einen tiefen Atemzug.

Dann hob sie den Kopf und blickte ihm in die Augen.

Der Sommer entfaltete sich mit glühender Macht. Der Duft der Sumpflilien durchdrang die endlosen Tage, und am Abend senkte sich ein schwerer violetter Nachthimmel über das Städtchen und seine surrenden Baumwollspinnereien. Mit Edwin und Reeves an ihrer Seite, einem Freund und einem Geliebten, fühlte sich Carson zum ersten Mal, seit sie denken konnte, von Columbus' hoffnungsloser Begrenztheit nicht erdrückt. Die Einsamkeit schwieg. Die Sehnsucht schwieg. Es war alles da: Musik, in die sie sich gemeinsam hineinträumten; Welten, die sie in Büchern fanden und staunend durchwanderten; Zukunft, die sich weit und groß vor ihnen aufbaute.

Die Tage waren heiß und gleißend, aber obwohl die Temperatur ihnen allen schon am Vormittag den Schweiß aus den Poren trieb, fühlte sich Carson quicklebendig in ihrem Körper. Sie strömte vor Vitalität. Nie hatte sie sich so gut gefühlt in ihrer Haut.

Nichts auf der Welt hätte sie in diesen Wochen dazu gebracht, sich hinter ihre Schreibmaschine zu setzen und die wunderbare Kraft ihres Körpers in die Hand ihres Geistes zu legen. Sie dachte nicht einmal daran. Mit Reeves am rechten Arm eingehakt und Edwin am linken Arm lief sie durch das Städtchen, und alles, was ihr begegnete, schien ihr von fast überirdischer Schönheit durchdrungen: In den Augen der Kinder, die in Horden durch die Straßen liefen, sah sie die Farben des Himmels und der Erde leuchten. Sie sah, wie ihr jedes einzelne Haus, vom Herrenhaus bis zur geringsten Hütte, dank der Mühe und Sorgfalt unzähliger Hände sein bestes Gesicht zuwandte. Sie sog die Düfte der Gärten, des Sumpfes und der öligen Maschinen ein, die sich gegenseitig durchdrangen und zu einem ungeheuer reichen Bouquet vereinten. Den Gesang der Farbigen, der sich überall erhob, wo schwere Arbeit verrichtet wurde, hatte sie immer schon geliebt. Aber in diesem Sommer offenbarte sich ihr darin zum ersten Mal die absolute Harmonie der menschlichen Stimme.

An den Nachmittagen, wenn die Hitze die Quecksilbersäule des Thermometers vor Lamars Schaufenster über die Messskala hinaustrieb, wenn jeder vernünftige Mensch sich hinter geschlossene Fensterläden zurückzog und selbst Edwin auf sein Nickerchen bestand, schnappten sich Carson und Reeves die Fahrräder, bepackten die Körbe mit Eis und Bier und ließen die Stadt hinter sich.

Ihre Gesichter glühten unter den Sonnenhüten, als sie endlich in den Wald eintauchten. Dicht beieinanderbleibend traten sie in die Pedale, bis der schattige Fahrtwind den Schweiß von ihren Gesichtern blies. Schweigend atmeten sie den harzigen Duft. Sie kamen zu einer alten Eichenweide, an der Reeves vor Tagen ein rotes Band befestigt hatte. Sie lehnten ihre Fahrräder dagegen und stiegen durchs Unterholz zum Fluss hinab, wo sie eine einsame Sandbank gefunden hatten, die wellig und von zarten Schatten gezeichnet in den Fluss abfiel. Reeves breitete die Decke aus und legte die Bierflaschen an einen Stein gelehnt in die kalte Strömung.

Langsam und ohne den Blick voneinander zu lassen, zogen sie sich aus. Ihre Augen brannten. Dann nahm Reeves Carsons Hand und zog sie ins Wasser. Die ersten Schritte machten sie langsam und vorsichtig, dann saugten sie mit einem tiefen Zug die Luft ein, sprangen in die Fluten und ließen sich davontragen.

Danach blieben sie lange liegen, die Glieder schwer und weich. Über ihnen spannte sich der Nachmittagshimmel, und von hinten aus dem Wald ragten die dunklen Äste eines Ahornriesen in das tiefe Blau. Sie hörten das Lied eines Vogels, eine kleine, aus sieben Tönen bestehende Melodie, die in sehnsuchtsvoller Stille verklang. Sie lauschten und warteten. Das Rauschen des Wassers schien zu verstummen. Nach einem kurzen Augenblick, der ihnen wie eine Ewigkeit vorkam, wurde der Ruf aus einer Baumkrone vom anderen Ufer erwidert. Über den Fluss tönte ein Lied, ebenso schön und rein wie das erste. Carson spürte, wie der warme Wind über sie strich und die Tropfen auf ihrer Haut trocknete. Sie legte Reeves die Hand auf die glatte Brust, schmiegte sich an ihn, und so schliefen sie ein.

Lamar saß auf der Vorderveranda und horchte in die Nacht. Gegen die Petroleumlampe, die über ihm an einem Haken baumelte, surrten die Moskitos, zischten und verglühten. In der Hand hielt Lamar einen seiner »Toddies«, den gewohnten Schlummertrunk aus Tee, Gin und Granatapfelsirup. Es war bereits der vierte heute, aber die ersehnte Schläfrigkeit wollte sich nicht einstellen. Es war zwei Uhr morgens, und sein Kopf war immer noch hellwach.

Die Fliegentür quietschte in den Angeln, und Marguerite trat in ihrem alten Morgenrock auf die Veranda. Sie hatte schon geschlafen, das Kissen hatte weiche Falten in ihr Gesicht gedrückt und die grauen Locken hingen ihr in die Stirn.

»Sitzt du immer noch hier draußen?« Sie gähnte. »Ist sie noch nicht zurück?«

Lamar schüttelte den Kopf. Edwin war in Atlanta, Carson und Reeves waren alleine unterwegs, und Lamar hatte ihnen seinen Wagen geliehen.

»Reeves ist ein guter Junge«, sagte Marguerite, setzte sich in die Schaukel und begann sich vor- und zurückzubewegen. »Einen besseren hätten wir uns nicht aussuchen können.«

Sie hatte Reeves schon lange in ihren Kreis aufgenommen, wie Edwin war er zu einem »ihrer Jungs« geworden, die sie liebte wie eigene Söhne. Seit Carson aus New York zurück war, erschien Reeves jeden Abend mit den Armen voller Geschenke: Schallplatten für Marguerite, Süßigkeiten für Rita und Lamar jr., Bier und Zigaretten für Carson. Er setzte sich zu ihnen und erzählte Anekdoten aus dem Fort. Dann reichte er Carson den Arm und nahm sie mit. Und auch wenn sie fast immer mit Edwin unterwegs waren: Die beiden waren ein Paar geworden, das war nicht zu übersehen.

»Er will auch Schriftsteller werden«, brummte Lamar, der bereits mit Reeves über dessen Zukunftspläne gesprochen hatte. Seine Stirn legte sich in Falten. Er nahm einen tiefen Schluck.

»Aber das ist doch großartig!«, rief Marguerite, die sich von jeher über Lamars kleinliche Bedenken empört hatte. Wann immer er sie in all den Jahren gebeten hatte, das Feuer des Ehrgeizes nicht allzu hoch zu schüren, hatte sie gereizt mit der Zunge geschnalzt.

Lamar war mehr als erstaunt gewesen, wie schnell sie sich wieder beruhigte, als Carson den Eltern nach ihrer Ankunft mitgeteilt hatte, dass sie die Ausbildung zur Konzertpianistin längst aufgegeben hatte und dass sie in New York stattdessen Kurse im Schreiben besuchte. Schriftstellerin! – Marguerite brauchte nicht lange, um sich an den Gedanken zu gewöhnen. Aber vielleicht hatte sie ja auch die Zeichen gelesen und es schon lange geahnt, genau wie er selbst.

Er stand von seinem Stuhl auf, setzte sich neben seine Frau in die Schaukel und legte den Arm um sie. Marguerite nahm sein Glas, nippte an dem »Toddy« und verzog das Gesicht. »Warm«, sagte sie und stand auf. »Ich mach uns einen neuen.«

»Meinst du denn, dass man so leben kann?«, fragte Lamar, nachdem sie mit zwei frischen Gläsern zurückgekommen war.

»Was meinst du?«

»Na, als Mr und Mrs Schriftsteller, du weißt schon …«

»Aber natürlich! Es kann doch nicht jeder als Mr und Mrs Smith leben.«

Lamar, der wortwörtlich mit dieser Antwort gerechnet hatte, überhörte sie geflissentlich. »Was ich meine«, versuchte er erneut, »Carson … wir wissen, dass sie ihren Willen durchsetzen kann. Was es auch sei, sie nimmt die Sache zwischen die Zähne und rennt, bis sie damit im Ziel ist. Sie hat die Musik, sie hat weiß Gott Fantasie, sie kann schreiben.« Lamar legte die Hand auf die Ausgabe von *Story*, die neben der Schaukel aufgeschlagen auf einem Tischchen lag. Er hatte *Wunderkind* mit Tränen in den Augen gelesen. »Was Carson angeht, denke ich: warum nicht?«

Marguerite nickte, als habe sie das immer schon gesagt und endlich habe auch er es verstanden.

»Aber Reeves«, fuhr er zweifelnd fort.

»Oh, Reeves!« Marguerite gab der Schaukel mit dem Fuß einen kräftigen Schwung. »Reeves kann Geschichten erzählen wie kein Zweiter, er ist geradezu ein geborener Geschichtenerzähler; wo er hinkommt, hängt man an seinen Lippen.«

Das wusste Lamar. Er hatte etwas anderes gemeint, doch er begriff, dass seine Gedanken sich auch in dieser Sache nicht mit denen seiner Frau verbinden würden. Trotzdem genoss er es, so mit ihr in der lauen Nacht zu sitzen, die Zeit verstreichen zu lassen und darauf zu warten, dass ihr erstgeborenes Kind nach Hause kam.

Es war völlig windstill. Die Nacht hatte die Luft von Speisedünsten und Benzindämpfen reingewaschen, und aus den Sümpfen, Wäldern und Baumwollfeldern drang der reine Duft des Südens in die Stadt.

Lamar machte einen tiefen Atemzug.

Die Lampe auf der Veranda erlosch. Der Mond ließ die Staubdecke auf der Straße wie Samt erscheinen und bewegte sich langsam zur Erde. Als er fast die Spitze der alten Zeder berührte, erkannten Mr und Mrs Smith zwei Gestalten am Ende der Straße, beide gleich groß, beide in weiten Hosen. Die eine hell, die andere dunkel. Sie hielten sich an den Händen. Dann umarmten sie sich, ihre Köpfe verschmolzen, und so blieben sie, unbewegt, bis das Mondlicht in der Zeder versank und die beiden Gestalten vom Grau der Morgendämmerung verwischt wurden.

»Er war der erste Mann, den ich geküsst habe, und wir haben geheiratet.«

Als Carson im Herbst nach New York zurückkehrte, wusste sie, dass sie ihr Leben mit Reeves verbringen wollte. Es würde ein Leben sein, das dem Muster von Liebe und Arbeit folgte, Arbeit und Liebe. Denn nichts anderes wollte sie vom Leben.

Die Koffer noch nicht einmal ausgepackt, war sie schon wieder tief im Schreiben versunken. Sie schloss den Kurs an der Columbia ab, und Sylvia Bates vermittelte sie an Whit Burnett an der New York University. In seinem Kurs saß sie unter lauter angehenden Schriftstellern, die ihren Weg genauso entschieden einschlugen wie sie selbst. Ihre Kurzgeschichten erschienen in Zeitschriften und wurden gelesen.

Ihre Briefe sprühten vor Lebendigkeit.

Reeves verschlang sie wie ein Verhungernder. Sie linderten das sehnsüchtige Ziehen, das sich seit Carsons Abreise in seinem Magen festgesetzt hatte. Er verbrachte weiter seine Abende bei Edwin oder Marguerite, aber Carson hatte eine Leere hinterlassen, die sie nicht zu füllen vermochten.

Die Routine seiner Aufgaben in Fort Bennett schien ihm immer eintöniger, je bunter er sich Carsons Leben in New York vorstellte. Er sehnte sich danach, bei ihr zu sein, es ihr gleichzutun, Schriftsteller zu werden. Er erinnerte sich an die Geschichte, die er im letzten Jahr der Highschool geschrieben hatte, die vorzulesen ihn die Englischlehrerin aufgefordert hatte, und an den spontanen Applaus, den er dafür von der Klasse bekommen hatte. Reeves wusste, dass auch er Talent hatte.

Aber von den drei Jahren, für die er sich bei der Armee verpflichtet hatte, war erst ein halbes verstrichen. Er saß fest in diesem Kaff. Er versauerte.

»Du ahnst nicht, wie gut ich dich verstehen kann, wie sehr ich dieses Gefühl kenne«, versuchten Carsons Briefe ihn zu trösten. Auch sie vermisste Reeves und wünschte sich nichts sehnlicher, als mit ihm zusammen zu sein. »Es wird sich ein Weg finden, Liebster. Halte durch!«

Natürlich hielt er durch. Was blieb ihm anderes übrig?

»Ich mache mir Sorgen um Reeves«, schrieb Edwin im Januar. »Mir scheint, er ist meist schon angetrunken, wenn ich ihn am frühen Abend abhole, dazu macht er ein verdrossenes Gesicht. Wir gehen zu mir oder fahren in eine Bar nach Phoenix, und er trinkt immer weiter, wird lustig und gesellig. Aber dann hört er nicht auf. Auf keinen Fall darf man etwas dazu sagen, dann blitzt er einen zornig an, und der Rest des Abends ist gelaufen. Wird Zeit, dass du kommst!«

Carson konnte nicht kommen, die Reise war zu lang, und sie steckte zu tief im Schreiben. Sie war sicher, dass Reeves diese Phase schnell überwinden würde. Er konnte gar kein Trinker werden. Dafür war er zu stolz und zu ehrgeizig. Außerdem kannte sie seine Verachtung für den Vater, dessen Trunksucht ihm die Kindheit zerstört hatte. Niemals würde er in seine Fußstapfen treten. Er litt einfach nur unter der Trennung, genau wie sie selbst.

An manchen Tagen schien es Reeves, als lebte er nur für die tägliche Post aus New York. Doch dann fand er eines Abends neben Carsons Brief noch einen weiteren im Briefkasten. Er war vom Notar seiner Tante Ida Mae. Sie hatte ihn vor vielen Jahren bei sich aufgenommen, als das Geld zu Hause ausgegangen war und die McCullers-Geschwister über das ganze Land bei der Verwandtschaft verteilt werden mussten. Ida Mae war vor Kurzem gestorben, davon hatte Reeves nichts mitbekommen, anscheinend hatte niemand in der Familie es für nötig befunden, ihm das mitzuteilen. Er schluckte. Dann las er weiter, und sein Herz machte einen Satz. Ida Mae hatte ihm einen anständigen kleinen Batzen Geld vermacht. Der Scheck lag dem Brief bei.

Am nächsten Morgen wechselte ihn Reeves bei der Bank ein, ging zu seinem Vorgesetzten und kaufte sich von seinen Verpflichtungen in der Armee los.

Er war frei. Er konnte tun und lassen, was er wollte.

New York, 1936

Carsons neunzehnten Geburtstag feierten sie im New Yorker Bedford Hotel. Reeves sah so gut aus in seinem neuen Anzug, dass er selbst hier, wo es von attraktiven Menschen nur so wimmelte, die Blicke auf sich zog. Eng umschlungen wanderten sie in den Nächten durch die Straßen der Stadt, und wenn sie an den hell erleuchteten Buchhandlungen vorbeikamen, stellten sie sich vor, wie sich Carsons Bücher Seite an Seite mit Reeves' Büchern in den Auslagen stapelten.

Ihre Schreibtische standen schon jetzt einträchtig nebeneinander, in seinem kleinen dunklen Appartement in Manhattan. Carson schrieb, Reeves büffelte für die Kurse in Journalismus und Anthropologie, für die er sich nach einigem Hin und Her eingeschrieben hatte. Sie hielten es beide für eine gute Idee, dass er erst einmal studierte, bis er die Texte zusammenhatte, mit denen er sich um einen Platz bei Sylvia Bates bewerben konnte. Tante Ida Maes Erbe würde sie noch eine Zeit lang über Wasser halten.

Reeves bewunderte Carsons Arbeitseifer. Wie konnte man nur so lange reglos auf einem Stuhl sitzen? Wie schaffte sie es nur, Seite um Seite aus ihrer Schreibmaschine zu ziehen, sie zu lesen, zu zerknüllen und ungebremst mit der nächsten zu beginnen? Sie dachte nicht einmal daran, regelmäßig zu essen, Reeves musste ihr den gebratenen Reis schon unter die Nase halten, um sie aus ihrer Geschichte herauszulocken. Er fand, dass sie es übertrieb. Eine derartige Anstrengung konnte nicht gesund sein.

Er behielt recht. Eines Morgens kippte Carson, nachdem sie aufgestanden und in die Küche geschlurft war, einfach um. Sie glühte, als Reeves sie aufhob und ins Bett brachte. Tagelang lag sie mit hohem Fieber, schlief oder blickte ihn aus glasigen Augen an. Als sich ihr Zustand nicht besserte, brach er seine Kurse an der Universität ab und setzte sich mit ihr in den Bus nach Columbus, um sie dort gemeinsam mit Marguerite gesund zu pflegen.

Columbus, 1937

Carson musste den ganzen Winter über im Bett bleiben. Reeves, die Familie, die Freunde – Marguerite schirmte alle und alles von ihr ab. Inmitten ihres schläfrigen Heimatstädtchens lag sie abermals zwischen frischen Laken in ihrem stillen Zimmer, nippte alle paar Stunden an den stärkenden Suppen ihrer Mutter und hatte absolut nichts zu tun, als gesund zu werden. All das aufgekratzte Streben fiel von ihr ab. Ihre Nerven beruhigten sich. Ihre Tagträume glitten in die Nachtträume, und die Nachtträume breiteten sich träge in den Tagträumen aus.

Abgeschnitten von der Welt und allein mit ihren Traumgestalten, veränderten auch diese sich, wurden ruhig und klar umrissen. Eine dieser Gestalten besuchte sie immer wieder und bildete sich jedes Mal deutlicher aus. Eine schmale und vornehme Erscheinung, die sie aufmerksam anhörte, wenn sie mit ihr sprach. Ein Mann um die dreißig, in einem sommerlichen Leinenanzug, das gut geschnittene, dunkle Haar glatt aus der Stirn gekämmt. Wenn er lächelte, neigte er den Kopf. Sie gab ihm den Namen Harry, Mr Harry Minowitz, sie wusste nicht, warum, vielleicht, weil seine schöne, gerade Nase in dem blassen Gesicht und seine geheimnisvolle Ausstrahlung sie daran denken ließen, dass er Jude sein könnte. Sein Wesen war ebenso zugewandt wie distanziert, alles in allem überaus einnehmend. Es dauerte eine Weile, bis Carson begriff, woran das lag: Harry Minowitz liebte. Er liebte stark und unerschütterlich. Den Menschen aber, dem diese Liebe gehörte, hatte er verloren.

Im Sommer darauf wurde geheiratet. Sie waren Mr und Mrs McCullers. Der Entschluss, dass sie beide Schriftsteller würden, stand felsenfest. Doch das kleine Erbe war aufgebraucht, wovon sollten sie leben? Carson steckte so tief in ihrer neuen Geschichte, ihrem ersten Roman, sie konnte jetzt unmöglich damit aufhören. Sie schlossen einen Pakt. Reeves würde arbeiten und ein Jahr lang für den Lebensunterhalt sorgen, bis sie mit dem Roman fertig wäre.

Danach würden die Rollen getauscht.

Charleston, 1938

»Um Himmels willen, was stinkt hier so?«, rief Reeves, als er mit Tüten voller Einkäufe nach Hause kam. Die winzige Wohnung, die ihre Heimat geworden war, seit er in Charleston einen Job als Versicherungsvertreter gefunden hatte, stand voll beißendem Rauch. Er ließ die Taschen zu Boden gleiten, stürzte zum einzigen Fenster und schob es auf.

Carsons Rücken blieb unbewegt über den Schreibtisch gebeugt. Sie reagierte nicht, wahrscheinlich hatte sie sich wieder Watte in die Ohren gestopft, um sich nicht von dem Kindergeschrei ablenken zu lassen, das den ganzen Tag durch die hauchdünnen Sperrholzwände aus der Nachbarwohnung drang. Und wenn ihr das Dach auf den Kopf fällt, dann sitzt sie immer noch so da, dachte er. An schlechten Tagen, an denen er nicht eine Versicherung verkauft hatte und ohne Prämie nach Hause kam, mit der er die Einkaufstaschen hätte füllen können, konnten seine Gedanken bei ihrem Anblick lieblos werden. Wie ausgestopft sitzt sie da, fand er dann, während er das verkrustete Frühstücksgeschirr im Spülwasser einweichte, wie eine präparierte Frauenpuppe, bei der hin und wieder ein Groschen fällt, der sie minutenlang wie wild in die Tasten hauen lässt, bevor sie wieder erstarrt. Manchmal verabscheute er diesen Rücken. Manchmal wünschte er sich eine Frau, die zugewandt, gepflegt und weiblich war, wie all die Damen, die sich tagsüber an ihren Wohnzimmertischen von seinem Charme umstricken und eine Police verkaufen ließen.

Aber diese Stimmungen verflogen schnell. Carson war anders als die meisten Frauen, als Schriftstellerin dachte sie anders und lebte anders, und vor allem: Sie arbeitete anders. Er wusste, dass es nicht Gleichgültigkeit war, die sie daran hinderte, ihren Ehemann zu begrüßen, wenn er nach Hause kam. Es war Konzentration.

Heute Nachmittag hatte sie sich sogar Mühe gegeben und ein Hühnchen in den Ofen geschoben. Leider war ihr nicht eingefallen, es zuvor auszunehmen, und dann hatte sie das Hühnchen auch noch ganz vergessen. Wahrscheinlich ist sie wieder seit Stunden in Gespräche mit Harry Minowitz verwickelt, sagte sich Reeves, oder mit Biff Brannon, dessen Frau Alice sie gerade sterben ließ. Der Gestank der Innereien stach Reeves in die Nase, als er den verkohlten Vogel an Carson vorbei zum Müll trug. Er setzte einen Topf mit Wasser auf, holte die Süßkartoffeln aus der Papiertüte und griff nach dem Schälmesser.

Die späten Abende gehörten ihm. Nachdem er Carson mit dem Abendessen an den Küchentisch gelockt hatte, blieb sie meistens bei ihm sitzen, er holte eine Flasche Wein, und sie tranken.

»Wie bist du heute vorangekommen, Liebling?«, begann er das Gespräch wie jeden Abend.

Carson zündete sich eine Zigarette an und machte ein feierliches Gesicht. »Ich habe nicht eine Zeile geschrieben.«

»Sondern?« Reeves wusste, dass sie um diese Uhrzeit stumm und verzweifelt darniederliegen würde, wenn sie den ganzen Tag wirklich nichts an dem Roman zustande gebracht hätte.

»Ich hatte eine Erleuchtung«, verkündete sie mit gerecktem Kinn.

»Eine Erleuchtung?« Reeves runzelte die Stirn.

Carson strahlte: »Du weißt doch, wie lange ich schon festhänge, weil mir der Angelpunkt fehlte.«

Reeves nickte. Er kannte das Manuskript fast so gut wie Carson selbst. Sie hatte ihm alle Passagen mehrfach vorgelesen, und so großartig sie auch waren, im Zusammenhang fehlte ihnen noch etwas Entscheidendes. Wie oft hatten sie über das Mädchen Mick gesprochen, über den Wirt Biff Brannon, den traurigen Dr. Copeland und den versoffenen Fanatiker Jake Blount, so als wären sie Freunde, deren Schicksal sie diskutieren, aber nicht ändern konnten. Die vier begegneten sich und schütteten ihre Gefühle voreinander aus, und alle Fäden liefen immer wieder bei Harry Minowitz zusammen. Alle liebten Minowitz, auch Carson und Reeves. Und vor allem: Alle sahen sich von ihm als Mensch verstanden und angenommen. Aber warum eigentlich? Was machte ihn so besonders? Seit Wochen kauten sie auf dieser Frage herum.

Die Erleuchtung, die Carson ihm an diesem Abend darzulegen begann, schien Reeves zunächst recht einfach.

»Als Allererstes: Minowitz heißt nicht Minowitz, sondern Singer.« Sie schloss die Augen und lächelte. Reeves verstand, dass das ein guter Name war, ein viel besserer als Minowitz. Aber erleuchtend fand er ihn nicht.

»Und dann: Singer ist taubstumm.«

»Taubstumm?« Reeves zögerte. »Aber Minowitz …«

»Singer!«

»Singer ist doch ständig im Gespräch … mit allen.«

»Ist er das?« Carson rutschte ungeduldig auf ihrem Stuhl. »Verstehst du denn nicht?«

»Nein. Doch … warte: Alle reden ständig auf Singer ein, schütten ihr Herz bei ihm aus, aber er selbst …«

»Genau! Er selbst spricht nicht. Selbst mir ist nicht aufgefallen, dass sein vornehmes Schweigen vollkommen ist! Singer spricht nicht, weil er nicht sprechen kann. Das heißt, er widerspricht auch nicht. Er hört zu, und dabei muss er dich aufmerksam ansehen, denn er hört ja nichts! Die Bedeutung von allem, was ihm so erregt und so wortreich vorgetragen wird, muss er von den Lippen lesen, von feinsten Regungen im Gesicht, den Gesten der Hände und des Körpers. Er ist gehörlos, aber der beste Zuhörer, den man sich wünschen kann. Und das, was die anderen bei ihm abladen, wovon sie ihre Herzen erleichtern, ist bei ihm gut aufgehoben, er behält alles für sich. Und er macht keine dummen, verständnislosen Bemerkungen, wie sie sonst die Beziehungen vergiften. Er schweigt. Und dieses lächelnde Schweigen begreifen die anderen als tiefes Verstehen.«

Carson drückte ihre Zigarette aus, zündete sich eine neue an und sah Reeves erwartungsvoll an.

Reeves stand schweigend auf und wanderte durchs Zimmer, die Hände in den Hosentaschen.

Carsons Erleuchtung hatte, so schlicht sie auf den ersten Blick wirkte, all die herumliegenden Puzzlestücke aufgewirbelt und zu einem Bild zusammengefügt. Reeves spürte, wie stark dieses Bild war. Er sah seine einundzwanzig Jahre alte Ehefrau an und hatte Tränen in den Augen.

Carson merkte nicht, was in ihm vorging.

»Das ist noch nicht alles«, sprudelte sie weiter. »Was Singer zum charismatischen Mittelpunkt der Geschichte macht, ist vor allem eines: Er liebt seinen Freund, den dicken Griechen. Antonopolous ist taub wie er, er ist ihm der einzige Mitbewohner auf einer einsamen Insel. Diese Liebe ist das Einzige, was ihn innerlich bewegt. Als sein Freund krank wird und fortgehen muss, umschlingt den zurückbleibenden Singer die Einsamkeit. Wie Besucher in der Festungshaft sind ihm Mick und die anderen stets willkommen, sie lindern die Isolation, in der er gefangen ist. Aber die Nöte und Leidenschaften, mit denen sie zu ihm kommen, berühren ihn nicht. Er ist nicht die Weisheit und Güte in Person, wie alle glauben, er ist gleichgültig. Deshalb kann er, und nur er, all das so gut aushalten, in aller Freundlichkeit. Sie fühlen sich von ihm verstanden, weil sie sich verstanden fühlen wollen. Und keiner versucht auch nur zu begreifen, was mit Singer selbst los ist.«

Carson schwieg. Reeves sah, wie es in ihrem Kopf bereits weiterschrieb, ihre Augen blickten durch ihn hindurch, direkt in Singers einsames Herz.

Keinen Augenblick zweifelte Reeves daran, welchen Durchbruch Carsons Erleuchtung nach sich ziehen würde. Sie schrieb ausschließlicher denn je. Nur am Rande schien es sie zu interessieren, dass ihr Leib und ihre Schreibmaschine nach Fayetteville umgesiedelt wurden, wo Reeves einen besseren Job und eine größere, luftigere Wohnung gefunden hatte. Die Arbeit hatte sie völlig in Besitz.

Whit Burnett, dem sie seit ihrer gemeinsamen New Yorker Zeit immer wieder Auszüge aus ihrer Arbeit schickte, empfahl ihr, die Geschichte vom Stummen bei einem Romanwettbewerb einzureichen, den Houghton Mifflin ausgeschrieben hatte. Carson schrieb das längste und ausführlichste Exposé, das jemals auf dem Schreibtisch eines Lektors landen würde, und steckte die ersten sechs Kapitel dazu in den Umschlag. Dann machte sie sich daran, das Buch fertig zu schreiben.

Sie gewann den zweiten Preis, immerhin 1500 Dollar, mit denen ausstehende Rechnungen bezahlt werden konnten. Entscheidend aber war, dass Carson außerdem einen Verlagsvertrag erhielt. Houghton Mifflin würde den »Stummen« herausbringen! Reeves ließ mit ihr die Champagnerkorken knallen, und eine Nacht lang war er so stolz, wie ein Mann es auf seine Frau nur sein konnte.

Doch als er wenige Monate später, an einem Tag wie jedem anderen, zur Arbeit ging, mit seiner Aktentasche bei einer gewissen Mrs Lawrence an der Tür klingelte und ihm diese nach wenigen Augenblicken schlecht gelaunt vor der Nase zugeworfen wurde, überschwemmte ihn ein unbegreiflicher Zorn. Er trat gegen die Tür, immer wieder, bis sie ihm vor die Füße fiel. Die eben noch so hochmütige Mrs Lawrence kam vor Angst entsetzt aus der Küche gelaufen und setzte zum Kreischen an. Reeves entschuldigte sich knapp und ging mit eingezogenem Kopf davon.

Nach Hause. Auf ihr Floß. Wie zwei im Meer verlorene Kinder waren sie gewesen, Carson und er, als sie sich kennenlernten. Gemeinsam waren sie auf dieses Floß eines Schriftstellerlebens geklettert, ein Floß, das dem Seegang standhielt, weil Reeves ein guter Kapitän war. Doch dann war ein Dampfer vorbeigekommen. Reeves hatte seiner Seefahrerbraut die Räuberleiter gemacht, damit sie den Dampfer erklimmen konnte. Und bevor er auch nur überlegen konnte, wie er selbst denn nun an Bord kommen sollte, hatte der Dampfer Fahrt aufgenommen. Reeves sah sich in der Dünung davonschaukeln – allein.

Noch am selben Tag, an dem Carson den »Stummen« abgeschlossen und an Houghton Mifflin geschickt hatte, setzte sie sich an ihren zweiten Roman, den sie vor dem Erscheinen des ersten beendete. Darüber, dass das vereinbarte Jahr ihres Paktes längst abgelaufen war, sprachen sie nicht. Undenkbar, dass Carson nun das Schreiben sein ließe, um irgendwo mit irgendetwas den Lebensunterhalt für sie beide zu verdienen, dazu womöglich noch für ihr gemeinsames Zuhause Sorge zu tragen, Erde zu harken, damit er den Samen seines Talentes hineinwerfen konnte. Sein Talent zu nähren und zu hegen, damit es keimen, aufgehen und heranwachsen konnte. Um dann womöglich zu erleben, dass es zu klein und zu schwach war. Sollte sie etwa vom Dampfer auf das Floß zurückspringen und mit ihm gemeinsam darauf warten, dass ein zweiter vorbeikam?

Nein, das konnte sie nicht, und niemand konnte ihr das vorwerfen. Auch Reeves nicht. Aber mit jedem Tag, an dem sie weiterschrieb und sich rüstete für die bevorstehende Veröffentlichung ihres Erstlings, die ihr Leben für immer verändern würde, ging in Reeves an der Stelle, wo sein Talent wachsen sollte, der Keim der Bitterkeit auf.

Sie waren seit zwei Jahren verheiratet.

Mrs Lawrence' eingetretene Tür brachte Reeves die Kündigung und das Ende seiner Karriere als Versicherungsvertreter ein. Er zuckte mit den Schultern. Sie wollten ohnehin in New York leben. Er packte seinen Koffer und fuhr voraus, um nach Arbeit zu suchen.

Leider schien man dort nicht auf ihn gewartet zu haben. Wo auch immer er vorsprach, stieß er auf Ablehnung.

»Reeves, ich brauche jemanden, der mit mir ein Boot nach Nantucket segelt«, sagte eines Abends, nachdem Reeves sich wieder den ganzen Tag vergeblich die Hacken abgelaufen hatte, sein Freund Vincent Adams.

Reeves war ein guter Segler.

Er brauchte nicht lange zu überlegen.

Als sie vom Verlag endlich etwas Geld für ihr Buch bekommen hatte, reiste Carson Reeves hinterher. Sie setzte sich in einen billigen Reisebus, der zwei Tage brauchte, um New York zu erreichen. Als sie ankam, war Reeves dabei, im Hafen abzulegen. Carson besorgte sich ein Zimmer in einer billigen Pension. Hier verbrachte sie den 4. Juni 1940, den Tag, an dem ihr erster Roman veröffentlicht wurde – allein.

New York, Juni 1940

»Ich wurde über Nacht berühmt, und ich war viel zu jung, um zu verstehen, was da mit mir geschah.«

Eine Woche später kaufte sie sich das erste Kleid seit genau sechs Jahren und machte sich zu Fuß auf den Weg ins Bedford Hotel. Aus den Buchhandlungen blickte ihr überall die überlebensgroße Fotografie entgegen, die Louise im Auftrag des Verlags von ihr gemacht hatte. Sie trug darauf wie immer eines von Reeves' Hemden, dazu ihre enge, abgetragene Samtjacke, aber sie fand, dass die Fotografie ansonsten nur entfernte Ähnlichkeit mit ihr selbst hatte. Einprägsam war sie jedoch in jedem Fall, unfassbar jung wirkte sie darauf, scheu wie ein Reh, naiv wie ein Schulmädchen. Ganze sieben Mal in einer halben Stunde lächelte ihr das Bild auf ihrem Weg durch Manhattan entgegen. Unter dem Lächeln prangte der Titel, den sich Robert Linscott für den »Stummen« ausgedacht hatte: *Das Herz ist ein einsamer Jäger*.

Sie selbst wäre nie auf diesen Titel gekommen, aber sie war sofort einverstanden gewesen. Das Foto, der Titel, das Schicksal des vornehmen Taubstummen und der Menschen, die wie Satelliten um ihn kreisten: Sie wusste, dass sie den Nerv getroffen hatte.

Eine Woche nach Erscheinen war das Buch in allen großen Zeitungen begeistert gewürdigt worden. Die Türme, zu denen das *Herz* in den Buchhandlungen aufgestapelt wurde, wurden abgetragen und neu errichtet.

Für Carson war Wirklichkeit geworden, wovon jeder junge Schriftsteller träumte: auf dem Wege der Sprache mit anderen Menschen in Verbindung zu treten, mit der Kraft der inneren Bilder ihre Herzen zu berühren. Die Herzen zahlloser Menschen.

Aber an der Stelle, wo sie das spüren wollte, in ihrem eigenen Herzen, spürte sie nichts, gar nichts. Nichts als eine ungekannte Leere, die danach schrie, gefüllt zu werden. Sie hatte geglaubt, sie würde erlöst sein, sobald sie die Erwartungen erfüllte, denen sie sich ausgesetzt gesehen hatte. Und tatsächlich hatte sie sich für Augenblicke frei und leicht gefühlt, als hätte sie das Gewicht auf ihren Schultern mit titanischer Kraft ins Universum geschleudert. Aber kaum war sie es auf diese Weise losgeworden, sah sie es aus der Ferne schon wieder zurückkehren, wie eine Lawine, die sich unterwegs mit noch ungleich größeren Erwartungen auflud. Noch nie hatte sie Reeves so herbeigesehnt. Aber da war kein Arm, an dem sie sich in diesen schwindelerregenden Tagen festhalten konnte.

Die Junisonne brannte in die Schlucht zwischen den Häusern und ließ ein blasses Gesicht über einem gelben Kleid aufleuchten, als sie sich für einen Augenblick in den Glastüren des Bedford spiegelte. Die neuen Schuhe drückten empfindlich, als sie, so leichtfüßig es ging, in die Lobby des Hotels trat und sich zur Bar wandte. Ob sich der Barkeeper mit der dünnen, goldgerahmten Brille noch an sie erinnerte? An die vielen Highballs, mit denen das hübsche junge Paar aus der Provinz vor drei Jahren auf Tante Ida Mae angestoßen hatte und auf die Zukunft? Für Carson war die Zukunft Gegenwart geworden – und Reeves segelte nach Nantucket.

Robert Linscott sprang von seinem Sessel auf, als er sie auf sich zukommen sah, grinste und breitete beide Arme aus. Er bestellte Champagner und setzte zu einer Aufzählung der Rezensionen an, die in den letzten Tagen erschienen waren. Aber darüber wollte Carson nicht sprechen. Sie wusste einfach nichts zu sagen. Sie freute sich artig und hoffte, dass er es darauf beruhen lassen würde. Um dem Gespräch eine andere Richtung zu geben, zog sie das fertige Manuskript ihres zweiten Romans aus Reeves' alter Aktentasche und legte es kommentarlos auf den Tisch. Linscott zog die Augenbrauen in die Stirn. Der Champagner wurde in einem silbernen Kübel auf den Tisch gestellt. Der Korken knallte verhalten. Carson sah zu, wie die gelbe Flüssigkeit unter einer Nebelwolke in ihr Glas perlte, und leerte es in einem Zuge.

»Ich bin schon dabei, mit dem dritten Roman zu beginnen.«

Linscott lachte. »Nun, ich würde sagen: Langsam, junge Dame. Einen Bestseller nach dem anderen ...? Jetzt feiern wir erst einmal das *Herz*.«

Sie leerte das zweite Glas und ließ sich ein drittes einschenken. Sie hoffte, dass damit angemessen gefeiert war, denn die Niederschrift des *Herzens* lag nun fast zwei Jahre zurück und interessierte sie nicht mehr. Nur das Schreiben selbst gab ihr Halt, das neue Buch brannte ihr auf den Nägeln. Von einem verfolgten Juden aus Deutschland sollte es handeln.

»Von einem deutschen Juden?« Linscott machte ein skeptisches Gesicht. Deutsche Juden liefen zuhauf durch die Stadt, jüdische deutsche Schriftsteller, die zu diesem Thema vermutlich einiges zu erzählen hatten, mehr als dieses Südstaatenmädchen, so sehr es seine Einfühlungskraft auch unter Beweis gestellt haben mochte. Vorsichtig äußerte er seine Bedenken. Aber davon wollte Carson nichts wissen.

»Es führt kein Weg an ihm vorbei. Ich habe sein Gesicht auf der Straße vor einem Deli gesehen. In der Nähe der Pension. Er verfolgt mich in den Schlaf. Er will unbedingt lebendig werden.« Sie grinste schüchtern. »Auf dem Papier, meine ich natürlich.«

»Gut.« Linscott nickte verständnisvoll. »Aber gleich ein Roman?«

Carson legte den Kopf schief.

»Was denn sonst?«

»Nun, man könnte …«

»Es ist nur so«, fuhr sie fort, als hätte sie ihn nicht gehört, »ich habe keine Ahnung von Deutschland. Und Juden kenne ich auch nur einen einzigen, und der ist Amerikaner … Ich müsste unbedingt mit jemandem reden, der aus Deutschland kommt.«

Linscott, der genügend Autoren betreut hatte, um zu wissen, dass einem solchen Drang in diesem Stadium mit Vernunft kaum beizukommen war, beschloss mitzuspielen. »Na ja. Wir sind im Bedford. Hier wimmelt es von deutschen Immigranten.«

»Ach?« Sie richtete sich kerzengerade auf und schien das Treiben in Bar und Lobby mit neuen Augen wahrzunehmen. Die Menschen schienen gut genährt, wohlgekleidet, gesund und heiter. Kein einziger entsprach ihrer Vorstellung von einem Flüchtling. »Kennen Sie einen? Ich meine: persönlich?«

Linscott schüttelte ungläubig den Kopf. Ihr kindliches

Ungestüm war wirklich schwer in Einklang zu bringen mit der geistigen Reife, die man aus ihrem Werk herauslas, da konnte er sich dem Staunen der Kritiker nur anschließen. Für einen Augenblick kamen ihm sogar Zweifel daran, ob sie das *Herz* wirklich selbst geschrieben hatte. Doch es war nicht das erste Mal, dass er sich über die scheinbare Kluft zwischen einem unreifen Autor und der Weisheit seines Werkes wunderte.

Er lehnte sich zurück, legte die Fingerspitzen seiner gepflegten Hände aneinander, stützte sein Kinn darauf und sah Carson nachdenklich an. Da sie von der Romanidee ohnehin nicht abzubringen war, beschloss er, sie bei der Recherche zu unterstützen. Noch am selben Nachmittag war er mit Erika Mann verabredet, die gerade mit ihrem Bruder Klaus aus Deutschland in New York angekommen war. Wahrscheinlich gab es niemanden, der von den Verfolgungen in ihrem Land besser zu erzählen verstand wie die Geschwister Mann und von der geistigen Verwüstung, die diese Verfolgungen nach sich zogen. Erika hatte ein Zimmer hier im Bedford bezogen. Linscott bot Carson an, ihn zu dem Treffen zu begleiten.

Der Liftboy fuhr sie in den achten Stock des Hotels, wo sich die Fahrstuhltüren in eine Gediegenheit öffneten, wie Carson sie zum ersten Mal sah. Glänzende Kristalllampen erleuchteten den Gang, den sie mit Linscott entlangwanderte. Ihre immer noch schmerzenden Füße senkten sich in wertvolle, tiefrote Teppiche. Linscott klopfte an eine Tür. Sie wurden hereingerufen.

Vor einem Schreibtisch am anderen Ende des Raumes saß eine Frau in den Dreißigern. »Ich bin gleich da«, sagte sie, ohne aufzublicken. Ihre rechte Hand eilte mit dem Füller über ein Schriftstück, in der anderen glimmte eine Zigarette, von der Asche auf das Papier fiel. Das dunkle wellige Haar, das sie in einem auffälligen Kurzhaarschnitt trug, schimmerte im Nachmittagslicht, das durch eines der Fenster fiel. Sie hatte kluge braune Augen, eine große Nase und große Ohren. Über dem weißen Hemd, das bis an den Hals zugeknöpft war, trug sie einen karierten Pullunder, dazu Breeches und Stiefel, als wollte sie gerade zu einem Ausritt aufbrechen. Jetzt warf sie den Füller aufs Papier, sprang auf und trat ihren Gästen entgegen.

»Robert!« Sie nahm seine Hände und küsste die Luft neben seiner Wange. Ihr Lächeln war herzlich und zeigte zwei Reihen starker, nikotingelber Zähne. Noch nie hatte Carson einen so selbstbewussten Menschen erlebt. Sie starrte Erika Mann an.

Linscott verbeugte sich leicht. »Erika! Wie schön, Sie wieder im Lande zu haben. Erlauben Sie mir, Ihnen Carson McCullers vorzustellen.«

Erika nickte freundlich, aber ihr Blick streifte nur kurz das junge Mädchen in dem gelben Kleid. Sie hatte Wichtiges mit Linscott zu besprechen, und noch bevor dieser Carson als Autorin eines druckfrischen Erfolgsromans einführen konnte, hatte sie ihn zur Sitzgruppe bugsiert und in ein Gespräch über Dinge und Menschen verwickelt, von denen Carson noch nie gehört hatte. Zwischendurch fiel immer wieder das mit Nachdruck geäußerte Wort »Reportage«.

Carson blieb stehen und sah sich in der Suite um. Koffer, Bücher und Stapel von Papieren lagen nachlässig auf Boden und Möbeln verstreut. Die Luft war satt von Rauch und Bourbon, die rote Tapete unterstrich die fast einschüchternde Energie, die von Erika ausging. Dem Fenster gegenüber lag eine ebenfalls rot tapezierte Tür, die einen Spaltbreit offen stand und eine unerklärliche Neugier in Carson weckte. Sie schlenderte hinüber, versicherte sich mit einem Blick über die Schulter, dass die beiden immer noch in ihr Gespräch vertieft waren, und tippte mit dem Zeigefinger gegen die Tür.

Lautlos öffnete sie sich in ein dämmriges Schlafzimmer. Durch die Vorhänge sickerte pudrig blaues Licht herein und tauchte das mit glattem Satin bezogene Bett in unheimliche Ruhe. Auf dem Bett lag ein junger, vollständig bekleideter Mann entspannt auf dem Rücken. Auf seiner Brust, die sich unter tiefen Atemzügen hob und senkte, lagen ein Füllfederhalter und ein Manuskript, darauf seine rechte schlaffe Hand. Der linke Arm ruhte mit über den Ellenbogen gekrempeltem Ärmel neben seinem Körper. Seine Gesichtszüge waren ebenmäßig und gelöst, um seinen vollen Mund spielte ein Lächeln. Die Luft war stickig-süß wie in einem Krankenzimmer, und Carson hätte am liebsten das Fenster geöffnet. Doch dann wurde ihr bewusst, dass sie in diesem intimen Raum nichts zu suchen hatte. Rasch trat sie ins andere Zimmer zurück. Robert und Erika waren in ungebremster Leidenschaft ins Gespräch vertieft. Behutsam zog sie die Tür hinter sich zu.

»Träumt er, ja?«, hörte sie eine heisere Stimme rufen. Sie fuhr herum.

Die Stimme gehörte einer schmalen, blassen Frau, die plötzlich auf dem Diwan gegenüber Erika und Robert saß. Sie musste sich in dem kurzen Augenblick, in dem

Carson in das Schlafzimmer gespäht hatte, lautlos hereingeschlichen haben – oder schon vorher da gewesen sein, ohne dass sie sie bemerkt hatte.

Der Schrecken schien Carson im Gesicht zu stehen, denn die Frau verzog ihren Mund zu einem schwachen Lächeln, das ihrem Gesicht einen noch melancholischeren Ausdruck gab, als es ohnehin schon hatte. Ihr Haar war ebenso kurz geschnitten wie das von Erika, aber es war hell und seidig und verlieh ihr zusammen mit der weißen Haut und den tiefblauen, umschatteten Augen das Aussehen eines Engels. Ihre Schönheit gab Carson einen Stich in die Brust.

»Wie bitte?« Sie konnte sich beim besten Willen nicht an die Frage erinnern, die ihr gerade gestellt worden war.

»Ob er träumt, unser Klaus.« Der Engel legte anmutig die Beine übereinander, verschränkte die Arme und ließ sich tiefer in die Kissen sinken. Carson holte tief Luft.

Sie rief sich in Erinnerung, was sie gerade nebenan gesehen hatte, und zeigte mit dem Daumen über ihre Schulter. »Klaus? Ich weiß nicht …« Weiter kam sie nicht. Sie versuchte, sich vom Sog der Augen der Frau loszureißen, von ihren weißen Händen, die sich wie zum Gebet in ihrem Schoß falteten. Aber es gelang nicht, sie war vollkommen erstarrt.

»Miro!« Erikas Stimme brach den Bann. Carson trat zur Seite, und auch die Frau löste sich aus ihrem Hingegossensein, stand auf und ging um den Tisch herum zur Sitzgruppe hinüber. Sie beugte sich über Erika, legte ihr die Hände auf die Schultern und schmiegte ihre Wange an ihren Kopf. Erika rückte ein Stück von ihr ab und wandte sich an ihre Besucher.

»Annemarie Clarac-Schwarzenbach – Robert Linscott von Houghton Mifflin«, stellte sie vor, »und seine junge Autorin Carson McCullers.«

Carson staunte, dass sie sich ihren Namen gemerkt hatte, auch wenn sie ihn ohne jede Betonung aussprach. »Miro ist eine gute Freundin aus der Schweiz«, fuhr Erika fort. »Klaus' Freundin vor allem.«

Annemarie schwieg und senkte den Kopf.

Carson hatte völlig vergessen, warum sie hier war, das Gesicht des verfolgten Juden, das sie seit Wochen begleitet hatte, war wie weggewischt aus ihrem Gehirn. Sie sah nur noch Annemarie, die neben Erika stand wie ein beschämtes Kind. Auch sie selbst kam sich klein und stumm vor, sie hatte kaum ein Wort gesagt, seit sie hier war, und plötzlich wollte sie raus aus dieser Suite, fort von dem Verleger und dieser stolzen Intellektuellen. Sie lechzte nach frischer Luft. Annemarie, deren Glanz an Erikas Seite zu verblassen schien, hätte sie am liebsten mitgenommen, sie warf ihr einen vielsagenden Blick zu. Aber der Engel schien wie hypnotisiert. Unerreichbar.

»Ich möchte mich entschuldigen«, sagte Carson leise und ging rückwärts zur Tür, so als hätte sie eine Audienz bei einem Würdenträger hinter sich gebracht.

»Wir wollten doch …«, protestierte Linscott.

Carson hob eine Hand und öffnete die Zimmertür. »Ein anderes Mal.«

Sie deutete eine Verbeugung an und nickte Erika zu, die kerzengerade auf ihrem Sessel saß und amüsiert eine Augenbraue in die Stirn zog. »Hat mich gefreut, Miss Mann.«

Und dann war sie draußen.

Sie lief durch die Straßen, wo die Sonne nur noch in den Fenstern der obersten Etagen aufleuchtete. Annemaries schönes Gesicht begleitete sie. Wie es sich über Erika beugte. Das Zucken der Mundwinkel, als Erika die Nähe verweigerte. Das kaum wahrnehmbare Staunen über Carsons plötzliche Flucht. Oder hatte sie sich das vielleicht nur eingebildet?

In der Lexington Avenue kam ein frischer Wind auf, Carson fröstelte im Schatten und winkte ein Taxi heran. Als es neben ihr hielt, fuhr ihr eine Böe unter den dünnen Rock und blähte ihn auf, so dass sie wie ein gelber Ballon vor dem gelben Wagen stand. Der Fahrer schien das für einen schlechten Scherz zu halten, denn er musterte sie misstrauisch und trat aufs Gaspedal, bevor sie sich zum Türgriff bücken konnte.

Mit dem nächsten Taxi hatte sie mehr Glück. Diesmal saß ein verschnupfter kleiner Mann mit dunklem Oberlippenbart am Steuer, der sogar ausstieg, um ihr die Tür zu öffnen. Erleichtert ließ sie sich in den Sitz fallen.

»Wohin soll's denn gehen, Miss?«, krächzte der Fahrer mit einem Blick in den Rückspiegel. Sein Hals war in einen grauen Schal gewickelt, und seine Nase leuchtete in einem Rot, das ganz und gar nicht zur Jahreszeit passte.

Carson überlegte. Auf keinen Fall wollte sie schon zurück in die Pension.

»Ans Wasser, bitte«, sagte sie.

»Ans Wasser? Geht das auch etwas genauer?«, fragte er freundlich, mit starkem europäischen Akzent.

Carson fuhr sich mit der Hand durchs Haar. »Keine Ahnung, irgendwo ans Ufer. Was schlagen Sie vor?«

Der Fahrer kratzte sich unter seinem Schal am Nacken

und dachte nach. Bevor er antworten konnte, wurde die Tür erneut aufgerissen und jemand steckte den Kopf herein.

»Annemarie!«

»Nimmst du mich ein Stück mit?«

»Ich … natürlich. Steig ein!« Carsons Augen leuchteten. Der Engel war ihr gefolgt. Das helle Stirnhaar glitt ihm über die Augen, während er sich neben ihr in den Sitz sinken ließ.

»Immer noch an den Fluss?«, wollte der Fahrer wissen.

Carson nickte, und Annemarie hob nur die Schultern, schlug wie in Erikas Suite die Beine in den hellen Hosen übereinander und legte die Hände in den Schoß. Ihr Gesicht war so unbeteiligt wie zuvor.

»Dann fahre ich die Damen zum Riverside Park?« Und als die beiden schweigend nickten, fügte er hinzu: »Mein Name ist übrigens Karl. Karl Siebenstein.«

Dem eigenartigen Bedürfnis, Fahrgästen seinen Namen zu nennen, gab Karl nur noch selten nach, aber irgendetwas an den beiden Frauen provozierte ihn dazu. Vielleicht war die Schicht an diesem Junitag einfach schon zu lang gewesen. Seit dem Morgengrauen kurvte er kreuz und quer durch Manhattan, und die wechselnden Fahrgäste waren heute besonders maulfaul und unpersönlich geblieben. Wie sollte man wach und aufmerksam bleiben, wenn sich die Gespräche fünfzehn Stunden lang darauf beschränkten, das Ziel zu erfragen und den Fahrpreis zu nennen? Vor der Flucht war Karl Volksschullehrer in Weimar gewesen, sein ganzes erwachsenes Leben hatte er den lieben langen Tag damit zugebracht, zu reden und zu reden, während dreißig Gesichter an seinen Lippen hingen. Seit drei Jahren war er nun Taxifahrer in New York, was manchmal aufregend, aber meistens öde war. Heute war es besonders öde gewesen. Die Müdigkeit hatte ihn schließlich ein Stoßgebet zum Himmel schicken lassen: Irgendeine Begegnung, bitte, von Mensch zu Mensch, irgendetwas, um die Lebensgeister zu erfrischen. Der gelbe Stoffball auf dem Fußgängerstreifen der Lexington Avenue war ein guter Anfang gewesen. Als der Stoffball im Wagen zusammensackte, hatte er das Gesicht erkannt. Es war diese blutjunge Schriftstellerin, die überall aus den Schaufenstern lächelte, daran gab es keinen Zweifel. Wie interessant! Und als dann auch noch die zweite Frau in den Fond geweht war – eine unglaubliche Frau, schön wie die Garbo –, war Karl endgültig aus seinem Stumpfsinn erwacht.

Sein Name ließ die schöne Frau aufhorchen. »Sind Sie Deutscher?«, fragte sie auf Deutsch.

»Ich bin Amerikaner«, widersprach Karl vehement auf Englisch, während er den Blinker einlegte und sich in den Frühabendverkehr einfädelte. »Ich war einmal Deutscher. Jetzt bin ich Amerikaner. Und daran wird sich für den Rest meines Lebens nichts mehr ändern.«

»Sind Sie Jude?«, wollte die Schriftstellerin wissen. Wie hieß sie noch gleich? Da ihre Frage in eine unliebsame Richtung führte, nickte Karl nur knapp. »Wie ich schon sagte: Ich bin Amerikaner.«

Im Rückspiegel sah er, dass die beiden ihn neugierig betrachteten. Dann lehnte sich jede in ihre Ecke des Wagens. Unsicher lächelten sie sich an. Anscheinend kannten sie sich noch nicht lange und mussten erst nach einem Gesprächsthema suchen. Sie waren teuer gekleidet, die Ältere sogar sehr teuer, soweit Karl das beurteilen konnte, aber beide waren ausgezehrt wie Flüchtlinge, so dünn, dass noch fünf von ihrer Sorte auf der Rückbank zwischen sie gepasst hätten. Beide hatten dunkle Ringe unter den Augen. Offenbar führten sie ein sehr anstrengendes und sehr ungesundes Leben.

»Da vorne ist ein vorzügliches Deli. Soll ich kurz anhalten, bevor ich die Damen an den Fluss fahre?«, fragte er väterlich.

Die Frauen sahen sich überrascht an.

»Wie aufmerksam, Karl«, sagte die Ältere. »Das ist eine gute Idee.«

Karl hielt den Wagen an, die beiden kletterten aus dem Fond und verschwanden im Geschäft. Als sie wieder herauskamen, hatten sie sich nicht mit Sandwiches eingedeckt, wie Karl sich das gedacht hatte. Die Schöne hielt eine braune Papiertüte im Arm, aus der oben zwei Flaschenhälse herausragten, und das Mädchen trug nichts als ein Päckchen Zigaretten.

Im Geschäft war anscheinend irgendetwas vorgefallen, das das Eis zwischen ihnen gebrochen hatte. Sie lachten und lehnten ihre Schultern aneinander, während sie auf Karls Taxi zuhielten. Die Flaschen klimperten, als sie wieder einstiegen, und sie gaben sich gegenseitig Feuer. Karl öffnete sein Fenster, um den Rauch hinausziehen zu lassen, und fuhr weiter.

»Aber wie hast du die beiden überhaupt kennengelernt?«, fragte die Jüngere.

»Ganz einfach. Ich war dreiundzwanzig und hatte

gerade einen Roman veröffentlicht, der ganz gut ankam. Darum fühlte ich mich selbstbewusst genug, Erika zu schreiben. Obwohl ihr mein Buch nicht gefiel und sie es viel zu »innerlich« fand, lud sie mich zu sich nach Berlin ein. Ich sage dir, es war sofort ... also eine ... Offenbarung.«

»Und Klaus? Sagte Erika nicht, du seist vor allem seine Freundin.«

»Wir drei haben viel Zeit miteinander verbracht«, wich die Schöne aus. »Wir sind gereist, ich habe sie in ihren politischen Aktivitäten unterstützt.«

»Reisen, Politik ...«, murmelte die junge Schriftstellerin verträumt.

Karl war in seinem Leben viel zu oft verliebt gewesen, um nicht das Knistern zu spüren, dass sich in seinem Wagen ausbreitete. Er hatte seine Marta immer geliebt, seit sie sich mit achtzehn Jahren das Ja-Wort gegeben hatten, er liebte sie auch jetzt noch, obwohl sie immer traurig war und nie mehr die Wohnung verließ. Aber über diese unangefochtene Liebe hinaus waren ihm in den fast fünfzig Jahren seiner Ehe oft genug anderweitig die Pferde durchgegangen. Und darüber war er jetzt, wo er alt war, mehr als froh. Die Erinnerungen ließen ihn noch heute lächeln, und er freute sich immer, wenn er irgendwo der Liebe zwischen zwei Menschen begegnete. Das junge Mädchen knisterte eindeutig stärker. Alles an dem jungen Mädchen zog zu der anderen hin. Die Schöne war zwar empfänglich, aber irgendwie schien sie entweder zu befangen oder zu müde, um sich ganz zu öffnen. Oder beides.

Nachdem Karl noch ein paar kleine Umwege gefahren

war, setzte er die beiden Frauen am Riverside Park ab und sah ihnen nach, wie sie zum Fluss hinabstiegen.

Carson lag auf einem der glatten Steine, die wie Schildkröten im Ufersand ruhten. Mit hinter dem Kopf verschränkten Händen blickte sie in den Himmel über der Stadt. Weiße Wolken zogen über schwarzen Grund, aus dem einzelne Sterne hervorblitzten.

»Carson?« Annemarie, die neben ihr lag, stützte sich auf den Ellbogen und sah sie an. Die eine Hälfte ihres Gesichtes lag im Schatten, auf der anderen Hälfte tanzten die Lichter Manhattans, die über das Wasser herüberglitzerten. Der Nachtwind strich ihr das Haar aus der Stirn. Ihre Stimme war leise und nah. »Darf ich dich etwas fragen?«

»Du darfst mich alles fragen.« Carson drehte sich auf die Seite und stützte sich ebenfalls auf. Ihr Gesicht näherte sich Annemaries Gesicht, und ihr Blick versank in ihren Augen, die ihr tiefer vorkamen als der Nachthimmel selbst. Alles, dachte sie sehnsuchtsvoll.

»Warum trinkst du?«

Nicht »Willst du bei mir bleiben?«, nicht »Willst du mich nicht küssen?«, leider.

Sie schwieg.

»Warum trinkst du?«, wiederholte Annemarie ruhig.

»Was für eine Frage.«

»Hast du darauf keine Antwort?« Annemaries Stimme blieb müde, aber ihr Blick unter den schweren Augenlidern wurde fest.

»Ich habe nie nach einer Antwort gesucht«, sagte Carson. »Ich wäre nicht einmal darauf gekommen, mir die Frage zu stellen.«

Annemarie griff nach der Flasche, die zwischen den Frauen im Sand steckte, und nahm einen tiefen Schluck. Ihre Lippen schimmerten, und ein feiner, klarer Faden lief vom Mundwinkel über ihr schönes Kinn. Wie von einem Magneten angezogen, rückte Carsons Gesicht noch näher, doch Annemarie legte ihr einen Zeigefinger auf den Mund und rückte ein Stück ab. Dann setzte sie die Flasche an Carsons Mund und zwang sie zu trinken.

»Spüre!«

Carson spürte den Whisky auf der Zunge brennen. Sie schluckte. Sie spürte die Wärme. Sie spürte ihren Herzschlag, rauschende Wellen, die gegen Annemarie brandeten, um sie zu umschlingen. Ihr Gesicht glühte. In einer Sekunde fiel alles zusammen. Ich glaube an die Liebe, dachte sie. Ich glaube, dass wir nicht anders können, als einsam zu sein, damit wir suchen müssen, lebenslang. Wir, du und ich, mein süßer Engel, wir suchen uns mit dem Geist, indem wir sprechen und schreiben, wir suchen uns mit der Seele, im Fluss, in den Sternen, wir suchen uns mit dem Körper, wir finden uns, nur für Augenblicke, denn wir sind selbst nur Augenblicke, ein Lichtreflex auf den Wellen, ein Traum, der blühen will. Ein Traum, der verblasst, schwere Wolken erdrücken ihn, Menschen, Worte, wehrlos wie Schafe ziehen wir die Köpfe ein oder schreien dagegen an oder zwingen uns zur Ruhe oder wetzen das Schwert.

Carsons Augen brannten in der Dunkelheit.

»Gut«, sagte Annemarie. »Jetzt sag es.«

»Ich trinke, um die Wolken zu vertreiben und klar zu sehen. Um den Traum blühen zu lassen. Um mich zu erinnern.«

Annemarie sah sie an und nickte. In der Böschung, die hinter ihnen das Ufer emporwuchs, raschelte es, ein kleiner Schatten huschte durch den Haufen zerknüllten Papiers, den der Wind dort zusammengetrieben hatte. Eine Ratte auf der Suche nach Nahrung. Carson beobachtete sie ungerührt, aber Annemarie fuhr zusammen. Die Ratte hielt inne, um sie anzusehen. Ihre Augen funkelten. Dann war sie verschwunden. Eine plötzliche Böe trieb den Unrat auseinander und wirbelte ihn durch die Luft. Annemarie fröstelte. Carson, die innerlich glühte, zog ihre Samtjacke aus und legte sie Annemarie um die Schultern.

»Und du?«, flüsterte sie. »Trinkst du auch, um dich zu erinnern?«

»Nein.«

Annemarie setzte sich auf und umfasste ihre Knie mit beiden Armen, während sie gleichzeitig die Jacke vor dem Hals zusammenhielt. Eine kauernde kleine Gestalt plötzlich, ein Kind, das sich mit seinem Umhang vor der Kälte schützte.

»Ich trinke, um zu vergessen«, sagte sie nach einer langen Pause. Ihre Stimme war so müde, als lebte sie schon seit aller Ewigkeit mit diesem Schmerz.

Carson glaubte am ganzen Körper zu schmelzen. »Was willst du vergessen?«

Annemarie schüttelte leicht den Kopf und schloss die Augen. »Dass sie mich niemals lieben wird.« Auf ihren Lidern bewegten sich kaum wahrnehmbare Schatten. »Niemals. Verstehst du?«

Carsons Herz zog sich zusammen. Sie nahm Annemaries Hand und hob sie an ihren Mund. Wie konnte irgendein Mensch auf dieser Welt sie nicht lieben? Annemarie zog die Hand zurück und vergrub sie im Sand.

Am nächsten Tag trafen sie sich wieder.

Und an den Tagen, die darauf folgten. Nächtelang zogen sie durch die Stadt. Annemarie ließ sich die fiebrige Nähe, die Carson zwischen ihnen aufbaute, mal gefallen, mal wies sie sie von sich. Ihr beständiges Schwanken zwischen Zuneigung und Abweisung zehrte an Carson, aber sie war glücklich, wenn sie nur in ihrer Gegenwart sein durfte. Wochenlang blieben sie unzertrennlich.

Sie erzählten sich ihr Leben. Die Ähnlichkeiten brachten sie immer wieder zum Staunen. Sie waren beide Schriftstellerinnen, die im Alter von dreiundzwanzig Jahren ihren ersten Roman veröffentlicht hatten. Beide hatten ihre frühe Jugend damit verbracht, sich am Klavier auf eine Konzertlaufbahn vorzubereiten. Beide hatten dieses Ziel aufgegeben, aber die Musik, das, was sie die innerste Melodie nannten, war für beide der Kern ihres Fühlens und Schreibens, zu dem sie sich leidenschaftlich bekannten.

Ihre Herkunft war so grundsätzlich verschieden, dass sie sich am entgegengesetzten Ende ihrer Träume entsprachen: In der lähmenden Schwüle Georgias hatte Carson vom Schnee der Berge geträumt, in dem Annemarie auf Skiern und Schneeschuhen einen großen Teil ihrer Kindheit verbracht hatte, während sie sich nach Hitze und Barfußlaufen sehnte. Der Reichtum und die mondäne Weltläufigkeit der Schwarzenbachs war die vollendete Verkörperung von Carsons Sehnen aus der provinziellen Enge ihrer Kindheit. Begierig drängte sie Annemarie, ihr in allen Details von dem Landgut zu erzählen, auf dem sie aufgewachsen war, von dem riesigen Garten, in dem sie mit ihren Geschwistern gespielt hatte, von den herausragenden Persönlichkeiten, die in ihrem Elternhaus ein und aus gegangen waren. Annemarie erzählte bereitwillig, aber je schwärmerischer Carson mit ihren Fragen in all den vermeintlichen Glanz vordrang, desto unüberhörbarer wurde ein ungeduldiger Unterton in Annemaries Stimme.

»Du stellst dir ein Paradies vor, Carson«, sagte sie eines Abends, während sie sich vom Sog ausgehlustiger Massen durch das Lichtermeer des Time Square treiben ließen. Menschen in modischer Garderobe und mit stark geschminkten Gesichtern strömten aus den Theatern und Lichtspielhäusern, umspülten die beiden Frauen mit Stimmen und Parfumdüften, die wie Chiffon-Streifen vorüberschwebten.

»Und *wenn* ich mir das Paradies vorstellen und ausmalen müsste«, fuhr Annemarie fort, »dann würde ich vielleicht wirklich unser Haus wählen mit seinem weiten Blick in die Landschaft und dem Birkenwald in unserem Garten und der Morgensonne auf unserem Seerosenteich.« Sie schwieg, und Carson spürte, wie sich ihr Körper versteifte, während sie weiter nebeneinander herschlenderten.

»Aber?«, hakte Carson vorsichtig ein.

»Aber es gibt kein Paradies auf Erden«, sagte Annemarie mit tonloser Stimme. »Es gibt nur Träume vom Paradies – und Menschen, die sie zerstören.«

Carson sah sie mit ernsten Augen an und schwieg.

»Du kennst meine Mutter nicht.« Annemarie heftete den Blick aufs Trottoir. »Meine Mutter ist stark. Stark und schön und von einem mächtigen Willen beseelt.«

Carson nickte stumm. So weit traf die Beschreibung auch auf ihre eigene Mutter zu.

»Und siehst du«, fuhr Annemarie fort, »ein so mächtiger Wille braucht einen Gegenstand, den er formen kann. Und was eignet sich dazu besser als ein talentiertes Kind? Eines schönen Morgens muss meine Mutter versehentlich von dem Sekretär, an dem sie ihre Tage mit wichtiger Korrespondenz verbrachte, aufgesehen haben. Und dabei fiel ihr Blick auf mich, Klein-Annemarie, die vor ihr auf dem Teppich mit ihren Spielsachen beschäftigt war, ganz und gar in ihr Spiel vertieft. Vielleicht zeigte sich das Kind geschickt und anmutig in seiner Selbstvergessenheit. Vielleicht entdeckte sie auch eine Ähnlichkeit mit sich selbst. Für sie bedeutete das, alles an mir zu bekämpfen, was ihr missfiel.

Als Tochter eines Generals wusste sie, wie man einen Krieg führte. Sie nahm mich zu Ruderexkursionen auf den See mit und ließ mich so hart trainieren, dass mir am nächsten Tag beim Klavierspiel die Finger zitterten. Sie ließ mir alle vier Wochen das Haar kurz schneiden und steckte mich in Hosen und Reitstiefel. Sie zog mir den Teller weg, wenn es mir zu gut schmeckte und ich nachnehmen wollte. Um meinen Ehrgeiz anzufachen, bedachte sie mich mit ungerechten Vorwürfen, stichelte in meinen wunden Punkten und machte in Anwesenheit anderer Scherze auf meine Kosten.

Mein eigener Wille zog sich zurück. Ich lag in ihrer Hand wie ein Stück Ton.

Als Heranwachsende versuchte ich dagegen aufzubegehren. Aber Widerspruch wurde als grobe Undankbarkeit aufgefasst, der sie nach ihrer mächtigsten Waffe greifen ließ: absolutes Schweigen, wochenlang, ein Schweigen, das sich wie ein Totentuch auf mich legte.

Bis ich eines Tages einen Weg fand, mich aus dieser Starre zu lösen. Ich begann, nachts Tagebuch zu schreiben. Das Schreiben war der einzige Raum in meinem Leben, zu dem sie keinen Zugang hatte, in dem ich mir selbst nahe sein konnte. Im Schreiben konnte ich blühen lassen, was in mir steckte. Ich konnte mich endlich mit meinem eigenen Wesen bekannt machen, das mir völlig fremd geworden war.«

Carson hörte atemlos zu, während sie neben Annemarie herging und sie mit scheuen Blicken von der Seite beobachtete. Sie versuchte sich die Mutter vorzustellen, in ihrer Vitalität und Kaltherzigkeit, doch was dabei unwillkürlich vor ihr geistiges Auge trat, war das Gesicht Erikas. Annemaries Stimme blieb eintönig, ihr Blick ausdruckslos, und sie war noch blasser als gewöhnlich.

»Es dauerte nicht allzu lange«, fuhr sie fort, »bis Mutter auch in diesen Raum eindrang. Sie fand eines der Tagebücher unter meiner Matratze und hielt es mir unter die Nase. Ihr Gesicht nahm einen so angewiderten Ausdruck an, als wollte sie vor mir ausspucken.«

Annemarie blieb so abrupt stehen, dass ein hinter ihnen schlenderndes Liebespaar gegen ihren Rücken prallte. Sie trat einen Schritt zur Seite, ließ das Paar vorbeiziehen und blickte Carson direkt in die Augen. »Sie warf das Buch ins Kaminfeuer und zwang mich, dabei zuzusehen, wie die Seiten glühend aufblätterten und in Asche zerfielen. Dann legte sie ihre Hand an meinen Hinterkopf und zog mein Gesicht ganz nah an das ihre. Nie mehr, zischte sie leise, nie mehr will ich dich beim Schreiben erwischen, hast du das verstanden? Das ist eine krankhafte Gewohnheit, eine Beschäftigung für Schwächlinge.«

Annemarie verstummte. Carson legte ihr schweigend die Hände auf die Schultern, die Annemarie diesmal nicht abschüttelte.

»Den Rest kennst du«, fuhr sie mit rauer Stimme fort. »Ich studierte und promovierte, so schnell wie möglich, um nach Berlin gehen zu können. In die Freiheit. Dort machte ich mich daran, in aller Gründlichkeit unsere gemeinsame Basis zu zerstören. Ich schloss mich den Manns und antifaschistischen Kreisen an, während mein Vater Geschäfte mit den Deutschen machte und meine Mutter ein silbergerahmtes Bild von Hitler über ihren Schreibtisch hängte. Ich ließ mich von Klaus in die Mohnfelder mitnehmen. Ich schrieb einen Roman, in dem Frauen Frauen lieben und Männer Männer, wohl wissend, welchen Dolchstoß ihr das versetzen würde. Weißt du, sie hat selbst Affären mit Frauen gehabt, immer schon, ihr ganzes Leben lang, die sie nach allen Regeln der Kunst geheim hielt. Wenige Wochen nach Erscheinen des Romans hielt ich den Brief in den Händen, in dem sie endgültig mit mir brach, mit der schandhaften Tochter, mit dieser abstoßenden Lesbierin und Drogensüchtigen. Sie teilte mir mit, dass sie darüber, wie ich mein krankhaftes Innenleben der Außenwelt aufgezwungen hätte, nie hinwegkommen würde. Niemals. Und das war's. Ende der Geschichte. Da hast du dein Paradies.«

Schweigend wanderten sie noch lange durch die Nacht. Carson vibrierte vor Mitgefühl mit dem schönen Engel, der an ihrer Seite ging, seine Verlorenheit erfüllte sie mit Ehrfurcht. Sie dachte an die närrische Gluckenhaftigkeit ihrer eigenen Mutter, an die betuliche Fürsorge, und zum ersten Mal in ihrem Leben war sie beinahe dankbar dafür.

Und Reeves?

Reeves McCullers saß in einem düsteren Appartement in der 11. Straße West. Er wartete auf seine Ehefrau.

Seit Tagen schon wartete er, seit er aus Nantucket zurückgekehrt war und mit dem Lohn für die Überführung der Jacht diese Wohnung angemietet hatte, für sich und seine Frau. Carson hatte ihre wenigen Habseligkeiten aus der Pension hergebracht, im Schrank hingen ihre Kleider, auf dem Tisch in der Ecke stand ihre Schreibmaschine. Aber ihr Bett blieb unberührt.

Wenn er tagsüber auf Arbeitssuche durch die Stadt ging, begegnete ihm ihr Gesicht in den Schaufenstern, und er blieb mit in die Taschen versenkten Händen davor stehen. Starrte er abends im Appartement in die Dunkelheit, erschien dasselbe Gesicht auf der leeren Wand. Nachts lag er auf seiner Hälfte des Bettes und spürte die Leere. Und in der Leere lauerte Angst.

»Wo kommst du her?«, blaffte er, als sie einmal in den frühen Morgenstunden nach Hause kam. Ruhig legte sie ihren Schlüssel auf die Obstkiste, die ihnen als Schuhregal diente.

»Ich war mit Annemarie unterwegs«, sagte sie lächelnd. Dieses Lächeln hatte nichts mit ihm zu tun. Es schloss ihn aus. Carson bückte sich und zog verträumt einen Schuh vom Fuß.

»Bist du in Miss Schwarzenbach verliebt?«

Sie hielt in der Bewegung inne, blickte auf den Schuh in ihrer Hand und strich mit einem Finger über das Leder.

»Ich weiß es nicht.«

»Du weißt es nicht!«

Der Zorn loderte in ihm auf wie eine grelle Flamme. Er atmete tief ein, um sich zu fassen, doch der Zorn schlug schon in Gewalt um. Sein rechter Arm holte aus, und seine Faust traf Carson ins Gesicht. Sie taumelte und fiel.

Reeves erschrak, sein Herz hämmerte gegen seine Brust, und er beugte sich zu ihr, um ihr die Hand zu reichen. Keuchend wich Carson zurück und rappelte sich auf. Ein kreisrunder roter Fleck schimmerte auf ihrer blassen Haut. Sie strich sich durchs Haar und kniff die Augen zusammen.

»Carson, Liebling«, stammelte Reeves.

Seine Stimme klang hohl.

Auf einem Schuh humpelte Carson in der größtmöglichen Entfernung, die das enge Zimmer erlaubte, an ihm vorbei und streckte ihm dabei ihre erhobene Handfläche entgegen. Er hatte verloren. Verloren, ohne gekämpft zu haben.

Die wenigen verbleibenden Schritte ans andere Ende der Wohnung nahm sie im Sturmschritt, packte sich ihre Schreibmaschine unter den Arm und humpelte damit zurück zum Korridor. Ohne einen Blick auf Reeves schlüpfte sie in ihren zweiten Schuh. Sie nahm ihren Schlüssel von der Kiste und warf ihn so schnell zurück, als hätte sie sich daran verbrannt.

Reeves rutschte mit dem Rücken an der Wand zu Boden. Sein Herz raste, während er sie mit einem Blick ansah, in den er alles zu legen versuchte, was sie zum Bleiben bewegen konnte.

»Verzeih mir, bitte.«

Der rote Fleck auf ihrer Wange füllte sich mit Blut und schwoll an. Noch nie hatte irgendjemand die Hand gegen sie erhoben. Sie würdigte ihn keines Blickes. Er war gar nicht mehr da.

Reeves kauerte am Boden, schlug die Hände vors Gesicht und sah sich in einen Abgrund stürzen, der ihn mit vertrauter Dunkelheit empfing. Die Tür krachte ins Schloss. Da war es wieder, sein Verlies. Er erkannte es sofort. Er verstand natürlich. Er verstand, dass Carson nicht bei ihm bleiben konnte, wie er auch verstanden hatte, dass seine Mutter ihn verlassen musste, wie er immer alles verstanden hatte. Reeves hörte sich wimmern. Er hatte gedacht, all das sei lange vorbei. Aber es war nicht vorbei.

Wie betäubt trat Carson aus dem Haus und blinzelte in den anbrechenden Tag. Die Straße war menschenleer und in so dichtes Schweigen gehüllt, dass sie für einen Augenblick dachte, Reeves' Faust hätte ihr Gehör zerschlagen. Rot geränderte Wolken schoben sich still über den langsam aufleuchtenden Himmel. Carson blieb mitten auf dem Gehweg stehen und blickte sich mit weiten Augen um.

Die Stille schien absolut zu sein. Die Welt war plötzlich eine andere. Zarter Wind strich über ihr Haar und kühlte ihre glühende Wange. Kein einziger Gedanke bewegte sie. Sie stand einfach nur da, lauschte in die Morgenstille und spürte den Wind. Sie wusste nicht, wer sie war, wusste nur, dass die Zeit in diesem Augenblick ruhte und sich in unerklärlicher Schönheit offenbarte.

Rasselnder Husten aus einem der Fenster holte sie in die Gegenwart zurück, und sie begann, einen Fuß vor den anderen zu setzen. Aus der betäubten Ruhe stieg langsam der Tag auf und all das Leben hinter den Fenstern, in den Betten und in den Pendlerzügen. Ein Taxi zog langsam vorbei, während sie den Gehweg entlangschlenderte. Eine Katze schlich aus einem Kellerfenster, sprang mit königlicher Miene auf eine Mülltonne und beugte sich über den Inhalt. Carson staunte über die Schönheit des Tieres, dann ging sie weiter. Einmal drehte sie sich um und erwartete fast, sich selbst immer noch an derselben Stelle stehen zu sehen, an der sie aus dem Haus getreten war. Und tatsächlich, für den Bruchteil eines Augenblicks meinte sie die Umrisse ihrer Gestalt dort noch zu erkennen, bevor sie sich verflüchtigte wie Nebel in der Sonne.

Sie setzte ihren Weg fort, überquerte eine Kreuzung und steuerte auf ein Café zu, aus dessen geöffneter Tür ein einladender Geruch nach gebratenen Eiern drang. Wie aus dem Nichts tauchten überall Menschen auf, und das Brummen und Knattern des Verkehrs schwoll allmählich an. Aber die kostbare Ruhe, die in ihrem Inneren entstanden war, hielt an.

Sie betrat das Café und erblickte sich im Spiegel hinter dem Tresen, betrachtete ungerührt das blau geschwollene Gesicht, das zerzauste Haar, die verrutschte Kleidung. Sie setzte sich an einen Tisch und nahm die Karte in die Hand.

»Was darf ich Ihnen bringen, Ma'am?«, fragte der Kellner mit einer leichten Verbeugung.

Sein Blick bohrte sich in ihr Gesicht.

»Kennen Sie mich?«, fragte sie.

»Nein, Ma'am. Sollte ich das?«

Sie schüttelte den Kopf und lächelte. »Nein, natürlich nicht.«

Er erwiderte ihr Lächeln mit warmer Offenheit. Carson las den Namen des Cafés auf der Speisekarte. »*Hungry Fred,* ist das Ihr Café?«

»Ich habe letzte Woche aufgemacht.«

»Und worauf ist Fred so hungrig?«, wollte Carson wissen.

»Fred hungert, wonach alle hungern.« Er hob die Schultern. »Mein Café wird diesen Hunger nicht stillen. Aber es kann ihn für ein paar Augenblicke besänftigen.«

Ei, Toast und Kaffee schmeckten vorzüglich. Nachdem Carson gegessen hatte, schob sie das Geschirr beiseite, holte aus der linken Innentasche ihrer Samtjacke zwei Fotografien hervor und legte sie vor sich auf den Tisch.

Eine der Fotografien zeigte einen jungen Mann und eine junge Frau, nebeneinander am Rande einer staubhellen Straße. Sie lächelten. Sie lächelten ihrem gemeinsamen Freund Edwin Peacock zu, der sie erst vor wenigen Wochen miteinander bekannt gemacht hatte und nun diese Aufnahme von ihnen schoss. Die Frau trug ein helles geblümtes Sommerkleid und anmutig im Nacken zusammengefasstes Haar, der athletische Körper des Mannes steckte in weißer Hose und weißem Hemd. Scheu und berührungslos standen sie nebeneinander, die

Gesichter frisch und schön, denn vor wenigen Stunden hatten sie sich das erste Mal geküsst, und sie mussten sich erst damit zurechtfinden, dass sie einander liebten. Dass sie zusammengehörten.

Carson legte sich die Hand auf die Brust und schloss die Augen. Für einen kurzen Augenblick flackerte jener sonnendurchflutete Nachmittag am Chattahoochee in ihrem Inneren auf, das Glitzern, in dem sich das Licht auf den Wellen des Flusses gebrochen hatte. Reeves' Geschmack. Seine Kraft. Und seine Schönheit.

Der Schmerz in ihrer Wange pochte, und sie hob die Hand, um bei Fred ein Glas eisgekühlten Wassers zu bestellen. Sie wusste, dass sie nicht mehr dieselbe Person war wie diese junge Frau, die neben Reeves in die Zukunft blickte. Die junge Frau und der junge Mann hatten sich ihr kleines Zuhause geschaffen. Carson hatte darin die Liebe und die Sicherheit gefunden, um das *Herz* zu schreiben, um zu Worten durchzudringen, die sie zur Schriftstellerin machten. Das Buch hatte sie in jemand anderen verwandelt, vielleicht in jemanden, der sie zuvor schon gewesen war. Sie hatte in den Jahren der harten Arbeit nie darüber nachgedacht, welcher Art ihre Bücher sein würden, welche Geschichten sie erzählen, welche Seiten sie anspielen würden. Und erst recht hatte sie keinen Gedanken daran verschwendet, wie es sein würde, sollte sie tatsächlich Erfolg haben.

Auf den Erfolg, sosehr sie ihn ersehnt hatte, war sie nicht vorbereitet gewesen. Sie wusste nicht, woher er kam, sie wusste nicht, wohin er ging, aber sie spürte, wie er über sie hinwegfegte und das junge Mädchen, das ihr neben Reeves McCullers von der Fotografie entgegenlächelte, mit sich nahm. Der Erfolg war in das harmlose Gleichgewicht ihrer jungen Ehejahre eingebrochen, und in dem Maße, in dem Carson davon geblendet und emporgerissen wurde, rutschte Reeves in die Dunkelheit des Versagens. Der Rollentausch, auf den er so geduldig gewartet hatte, würde nie stattfinden. Die Bitterkeit der Enttäuschung hatte Reeves' lächelndes Gesicht zerstört, sein Vertrauen und seinen jungenhaften Charme.

Sie wusste, dass er sie immer noch liebte. Aber diese Liebe schwankte nun hilflos zwischen Despotie und Unterwürfigkeit, und die Mutlosigkeit, mit der er sich am Alkohol festhielt, war nicht auszuhalten. Reeves entstammte wie sie selbst einer langen Linie von Trinkern, ein Schicksal, das sie mit zahllosen Südstaatengeschlechtern teilten. Doch während ihr Daddy, Lamar Smith aus Columbus, Georgia, seine Trunksucht immer mit Arbeit und Liebe in Schranken hielt, hatte sich James McCullers aus Wetumpka, Alabama, ins Delirium gesoffen. Die Scham hatte ihn aus dem Haus getrieben, der Verfall ins Asyl. Die Mutter hatte mit vier Kindern auf einem Schuldenberg gesessen. Sie hatte die Zähne zusammenbeißen müssen. Und eines Morgens war der kleine Reeves geweckt und ohne Frühstück in ein Auto gesetzt worden, aus dessen Heckfenster er sein Zuhause verschwinden sah.

Ja, sie hatte das Verlorene an Reeves geliebt. Doch dann war die Verlorenheit gemein geworden, sie hatte ihm mit scharfen Krallen die Schönheit vom Gesicht gerissen und die hässliche Seite seines Charakters bloßgelegt. Wut, so rot wie rohes Fleisch, eine unkontrolliert auf das Gesicht seiner Ehefrau herabfahrende Faust, ein

Häufchen Scham und Schande in einem schäbigen New Yorker Appartement. War es das, was übrig von ihm war? Sie konnte nichts mehr von ihrer Liebe für ihn in sich finden. Der Zauber jenes Nachmittages am Fluss erschien ihr wie ein bloßes Traumbild und die Jahre, die sie mit Reeves verbracht hatte, fern jeder Wirklichkeit. Carson steckte die Fotografie zurück. Der Bruch war ein scharfer, aber schnell verheilender Schmerz.

Fred brachte das kalte Wasser. Carson hob das Glas an ihr Gesicht, ließ es langsam über ihre pulsierende Wange rollen und wandte sich der anderen Fotografie zu. Es war eine Aufnahme, die Erika von Annemarie an einem Caféterrassentisch auf dem Markusplatz gemacht hatte, während einer gemeinsamen Reise mit Klaus durch Italien. Nachdem Carson Annemarie wochenlang inständig um eine Fotografie gebeten hatte und diese das Geschenk ebenso beharrlich verweigerte, hatte Carson das Bild während eines gemeinsamen Besuches in Erikas Suite unbeachtet zwischen Papieren liegen sehen. Ihre anfängliche Begeisterung für die Manns war inzwischen abgekühlt, nachdem sie immer wieder hatte erleben müssen, wie leichtfertig Erika auf Annemaries Gefühlen herumtrat. Mit welcher Herablassung – wie wohlwollend sie auch immer sein mochte – beide Geschwister sowohl auf Annemarie als auch auf sie selbst reagierten. In einem unbeobachteten Augenblick hatte sie die Fotografie an sich genommen. Niemand würde sie vermissen.

Erika musste sich Annemarie auf dem Markusplatz von hinten genähert und sie mit gezückter Kamera angerufen haben, denn auf dem Bild wandte sie sich überrascht um und blickte zerstreut über ihre Schulter. Die

Sonne glänzte auf ihrem Scheitel, ihre Stirn war leicht gerunzelt, und ihre Lippen schimmerten. Die Hälfte ihres Gesichtes lag im Schatten, die andere Hälfte war hell und klar gezeichnet. Sie blickte so ernst wie immer, aber irgendetwas an diesem Bild war hoffnungsvoll.

Carson vertiefte sich in Annemaries Anblick. Dann zog sie aus der Innentasche ihrer Jacke ein Notizbuch hervor, schlug es auf und schrieb:

Die Liebe ist erstens einmal ein gemeinsames Erlebnis zweier Menschen; die Tatsache jedoch, dass es ein gemeinsames Erlebnis ist, bedeutet noch nicht, dass es für die beiden Beteiligten ein ähnliches Erlebnis ist.

Es war einer dieser Sätze, die sie aus der Luft griff und aufschrieb, ohne zu ahnen, wohin sie sie führen würden. Dann blätterte sie um und zeichnete ein Dreieck auf eine leere Doppelseite. Sie lehnte sich zurück. Je länger sie es betrachtete, desto deutlicher sah sie, dass dieses Dreieck, an dessen Spitzen Reeves, Annemarie und sie selbst saßen, in seiner leeren Mitte eine eigentümliche Kraft besaß. Sie wusste nicht, was es damit auf sich hatte, aber sie wusste, dass sie sich an ihre Schreibmaschine setzen musste, um es herauszufinden.

Nur, wo sollte sie überhaupt hin mit sich und ihrer Schreibmaschine? Reeves' Wohnung kam nicht mehr infrage. Zu Annemarie konnte sie nicht, weil diese als bekennend Heimatlose keine eigene Wohnung besaß; außerdem war sie heute mit ihrer Freundin Margot von Opel zu einer längeren Reise aufgebrochen. Carson hatte ein paar Freunde in der Stadt, aber niemanden, bei dem sie sich einquartieren wollte. Und der Gedanke, zurück in ihr einsames Zimmer in der Pension zu gehen, war alles andere als erbaulich.

Eine Woche darauf traf sie sich mit dem Literaturredakteur von *Harper's Bazaar* zum Mittagessen. Sie hatte sich inzwischen daran gewöhnt, alle Mahlzeiten bei Fred einzunehmen und sich mit dem großen Appetit, der sich einstellte, sobald sie über die Schwelle des Cafés trat, durch die Speiskarte zu essen.

George Davies plante, ihren zweiten Roman, *Spiegelbild im goldenen Auge*, als Vorabdruck auf seinen Literaturseiten zu bringen. Linscott hatte die beiden bekannt gemacht, und obwohl sie einander erst einmal begegnet waren, begrüßte George Carson mit einer festen Umarmung. Er zog seinen Sommermantel aus und drückte ihn Fred in die Hand.

Er hatte *Das Herz ist ein einsamer Jäger* noch am Tag seines Erscheinens gelesen. Wann immer er an eine Stelle gekommen war, an der er sich besonders berührt fand, hatte er das Buch mit dem Daumen zwischen den Seiten zugeklappt, um ungläubig das Bild auf dem Umschlag zu betrachten. »Wie ist es möglich?«, hatte er ausgerufen, als er Carson kurz darauf vorgestellt worden war, einem halben Kind, einem Schulmädchen aus der Provinz, weite Hosen und Herrenhemd hin oder her. »Wie kann man nur so jung sein und gleichzeitig so lebensklug erzählen?«

Carson, die nie wusste, was sie auf diese Frage antworten sollte, hatte mit den Schultern gezuckt. »Ich nehme an, jeder ist sehr jung und sehr alt zugleich.«

Ihre Freundschaft war vom ersten Moment an besiegelte Sache.

»Was für ein angenehmes Café«, sagte George nun, während er sich Carson gegenüber auf die Bank hinter dem Tisch gleiten ließ. »Wenn das hier so schmeckt, wie es riecht ...«

»Sei versichert, das tut es.«

»Gut! Ich bin hungrig wie ein Wolf.«

Carson warf Fred, der an der Theke Gläser polierte und ins Regal stellte, einen Blick zu. Dann beobachtete sie George, wie er die Karte studierte. Er war ein gut aussehender Mann Anfang dreißig mit auffällig geschwungenen Augenbrauen und spitzen Geheimratsecken über der hohen Stirn. Seine vollen Lippen gaben ihm einen sinnlichen Ausdruck. Aus seinen Augen sprühte Intelligenz. Er war der erfolgreichste Literaturredakteur der Stadt und sein Erfolgsrezept war einfach: Er liebte Schriftsteller, verehrte sie überschwänglich und war ihnen ein Freund, wo er konnte.

Während sie darauf warteten, dass Fred ihre Sandwiches zubereitete, erzählte ihm Carson von ihrer Lage, von Reeves und von Annemarie und von dem Zimmer in der Pension. George hörte aufmerksam zu. Dann nickte er.

»Du verstehst dich nicht mit deinem Reeves. Du haust in einem erbärmlichen Loch. Zieh doch mit mir zusammen«, schlug er vor.

»Was, in deine Wohnung?« Carson streckte überrascht den Kopf vor.

»Meine Wohnung ist zu klein für uns beide«, sagte George und bedankte sich mit einem Nicken für das kühle Bier, das Fred ihm gebracht hatte. Er nahm einen Schluck und wischte sich den Schaum von den Lippen.

Den Vorschlag hatte er spontan hingeworfen, aber kaum war er über seine Lippen, wurde er zu einem festen Vorhaben. »Lass uns doch ein Haus zusammen mieten.«

»Ein Haus? In New York? Wie wollen wir das bezahlen?« Die Armut der letzten Jahre hatte in Carson ein realistisches und sehr umsichtiges Verhältnis zum Geld entstehen lassen.

»Lass mich nur machen«, sagte George.

Fred brachte ihre Teller, und sie aßen schweigend das beste Hühnchen-Rosmarin-Sandwich, das man ihnen je serviert hatte. Dann hatte George es eilig. Er nahm Hut und Mantel und verabschiedete sich.

Am Tag darauf holte er Carson gegen Mittag an ihrer Pension ab, setzte sie in sein Auto und fuhr mit ihr über die Brooklyn Bridge. Unter ihnen lag das breite Band des East River und trennte die überhitzten Menschenmassen Manhattans von einer anderen Welt.

»Brooklyn?« Carson ahnte, was George vorhatte, und klatschte begeistert in die Hände.

George schwieg. Er lenkte den Wagen vorbei an zweistöckigen, mehr oder weniger vernachlässigten Gebäuden, an gestreiften Markisen, Gemüseauslagen und alten Bäumen, in deren Schatten kleine Gruppen zusammenstanden: Einwanderer in allen Hautfarben, Kleinbürger, Matrosen, schmutzige und saubere Kinder, Bohemiens. George fuhr die Park Slope hinab, die Brooklyn Heights hinauf und bog in eine kleine Straße mit holländischen Fassaden. *Middagh Street,* las Carson auf dem Schild. Der Wagen hielt vor dem Haus mit der Nummer sieben. Mit klopfendem Herzen stieg sie aus.

George sprang die Stufen zum Eingang hinauf und steckte stolz den Schlüssel ins Schloss. »Du kannst den Mund ruhig wieder zumachen«, rief er Carson zu, die unten stehen geblieben war und ungläubig zu den Fenstern hinaufsah. »Nun komm schon, hereinspaziert, willkommen zu Hause.«

Carson stand immer noch wie angewurzelt. »Wie konntest du ahnen ...«

Nein, nicht einmal sie selbst hatte geahnt, wie sehr sie sich gewünscht hatte, in genau so einem Haus zu leben, in genau einer solchen Nachbarschaft. Es war zu schön, um wahr zu sein. »Bist du Hellseher? Oder Zauberer? Oder bist du am Ende nur ein Traum?«, rief sie George lachend zu.

George kam die Stufen herunter, nahm ihren Arm und führte sie nach oben. »Du hast es durchschaut, meine Liebe. Dieses Haus ist mir im Traum erschienen. Ich wachte mitten in der Nacht auf, stieg in den Wagen und brauchte gar nicht lange suchen, bis ich hier«, er legte seine Hand an eine Holzstrebe vor der Haustür, »das *Zu vermieten* fand. Hab das Schild sofort an mich genommen und in meiner Jacke versteckt. Schlag neun stand ich in der zuständigen Agentur und nötigte der Maklerin ein Bündel Dollars auf, damit sie den Vertrag fertig machte.«

Aus dem Inneren des Hauses schlug ihnen der muffige Geruch aufgezehrter Luft entgegen. Treppengeländer und Türklinken trugen dicke Staubschichten, frische Spinnweben spannten neben ausgedienten. Unter den Sohlen knirschten Putzkrümel.

»Scheint schon eine ganze Weile auf uns zu warten«,

sagte George, als sie staunend durch die Räume wanderten. Ohne lange zu überlegen, nahm er im ersten Stock ein holzvertäfeltes Kaminzimmer in Besitz, und als Carson direkt darüber eine Tür öffnete, stand sie in einem blassgrünen Paradies mit verschlissener seidener Wandbespannung. Von den beiden Fenstern hatte man einen Blick bis hinunter zu den Hafendocks. Sie hörte eine Schiffssirene. Das Fenster war verzogen und klemmte, als sie es hochschob, aber sie schaffte es, lehnte sich weit hinaus und winkte George, der eine Etage tiefer das Gleiche tat.

»So viel Geld«, wandte sie trotzdem ein, als George ihr später den Mietpreis nannte. »Und wir müssen erst renovieren.«

»Ach!« George wedelte mit der Hand. »Das Haus ist groß genug für einen Haufen Untermieter, mit denen wir die Kosten teilen können.«

»Untermieter? Denkst du schon an jemand Bestimmten?«

»Mir fallen auf Anhieb Dutzende ein. Wyston etwa sucht gerade auch nach einer Bleibe.«

»Wyston? Du meinst Auden?«

Brooklyn, September 1940

Das Haus in der Middagh Street mit der Nummer sieben sah völlig anders aus als die anderen Häuser im Block, denn der einstige Bauherr hatte aus seiner holländischen Heimat eine große Liebe für holzgearbeiteten Fassadenschmuck mitgebracht. In verwitterter Pracht stand das Haus zwischen seinen nüchternen Backsteinnachbarn und überragte sie selbstbewusst um einen falschen Fachwerkgiebel.

Viele Generationen hatte es die Geschicke sittsamer Familien beherbergt, bis der letzte Vertreter dieser Epoche, die faltige Hand um ein einfaches goldenes Kreuz gekrümmt, in einem Ohrensessel vor dem Kaminofen entschlief. Danach hatte es jahrelang leer gestanden, Staub angesetzt und sich alle Zeit gelassen, die es brauchte, um die magnetische Anziehungskraft zu entwickeln, die es seine nächste Bestimmung erfüllen lassen würde.

Im Herbst des Jahres 1940 machte das Haus einen freundlichen jungen Mann namens George Davies auf sich aufmerksam, indem es ihm im Traum erschien. Die Wahl war nicht zufällig auf ihn gefallen, denn George erfüllte alle Voraussetzungen: Er war ein Mensch mit unzähligen Talenten, aber was ihn am meisten begeisterte, war die Begabung anderer. Er war großzügig und erfindungsreich, wenn es darum ging, Künstlern auf jede nur erdenkliche Art unter die Arme zu greifen. Als junger Mann hatte er im Königreich der Boheme, am Pariser *Rive Gauche*, gelebt, und der Geist dieser Zeit lebte munter in ihm fort. Nun, in Zeiten des Krieges, während den Künstlern in Europa die Geisterstunde schlug, sehnte er sich danach, die Gastfreundschaft zu erwidern. In diesem Haus, in das er sich sofort verliebte.

Seine Freundin Carson würde ihn darin unterstützen. Mit ihrer Gesundheit war es offensichtlich nicht zum Besten bestellt, denn sie hustete in einem fort und ihre Hände waren mager und kalt. Sie gab eine etwas tragische Figur ab, aber in ihrer Tragik war sie anziehend, verspielt und von einer intensiven schöpferischen Aura umgeben.

Der Dritte im Bunde war ein junger britischer Dichter, ein Mensch mit großen Gefühlen, feinen Umgangsformen und dem starken Bedürfnis nach einer Künstlergemeinschaft. W. H. Auden hatte einen riesigen Freundeskreis aus Schriftstellern, Malern und Musikern, aus England und Europa, und es war nur eine Frage der Zeit, bis nicht wenige von ihnen hier aufkreuzen würden.

Carson, Wyston und George diskutierten gerade, wen sie als weiteren festen Mieter mit aufnehmen sollten, als es an der Tür klingelte. Eine dunkle Göttin mit Federboa und Wespentaille stand unter dem Vordach und klappte ihren rüschenbesetzten Regenschirm zusammen.

»Gypsy!«, riefen die drei wie aus einem Munde. Denn wer kannte nicht Gypsy Rose Lee? Gypsy war eine der schönsten Frauen der Stadt, die berühmteste Striptease-Tänzerin aller Zeiten und ein bezaubernd humorvoller Mensch mit besten Kontakten zur Halb- und Unterwelt.

»Ich habe gehört, hier ist noch ein Zimmer frei«, sagte sie unschuldig, ließ ihren Mantel von den Schultern gleiten und zwinkerte George zu. Wyston reichte ihr galant den Arm und führte sie in den Salon.

Weil sie alle im Februar Geburtstag hatten, tauften sie ihr neues Heim *Februarhaus*. Ein Jahr lang lebten diese vier so unterschiedlichen Menschen in harmonischer Gemeinschaft und zogen als Gastgeber all die anderen Menschen an, die das Haus in der Middagh Street in etwas verwandelten, das weiter in die Zukunft reichte, als irgendeiner von ihnen ermessen konnte.

Die Zahl der exilierten Künstler, die das Haus in dieser Zeit auffing, ist Legion. Scharen von Amerikanern, Briten, Deutschen, Franzosen, Spaniern und Juden aller Nationen. Heimatlose Künstler, die arbeiten wollten, leben wollten. Für kurze Zeit fanden sie alle die Wärme eines geistigen Hafens. Sie atmeten auf. Sie befruchteten sich gegenseitig, und wenn sie weiterzogen, trugen sie die Saat des Februarhauses in die Welt.

Brooklyn, Februar 1941

Sie saßen am Frühstückstisch. George Davis war wie immer in einen wahnwitzigen Mix von abgelegten Kleidern seiner Freunde gewandet. Um den Hals trug er einen langen gelben Seidenschal, den Lotte Lenya ihm geschenkt hatte und den er mit jeder neuen Tasse Kaffee, die er sich am Herd holte, stolz hinter sich herschleifte. W. H. Auden saß aufrecht am Tisch, gebadet, gekämmt und gekleidet, als ginge er gleich zum Tee bei König George. Mit zusammengedrückten Knien löffelte Salvador Dalí seinen Haferbrei, bevor ihn Galas schneidende Stimme quer durchs ganze Haus zur Arbeit befahl. Benjamin Britten – leichenblass in sich versunken – komponierte mit dem Löffel an der Kaffeetasse, bis Klaus Mann, der in Ruhe mit dem Pfeifchen im Mundwinkel seinen Gedanken nachhängen wollte, die Geduld riss und die Tabakglut in Brittens Tasse schlug. Paul Bowles hielt sich wie immer am »wärmsten Ort« im Raum auf, nämlich an dem, der sich in größtmöglicher Entfernung zu Jane Bowles befand, seiner Frau und erklärten Erzfeindin. Mit schweren Nachtgerüchen am Körper kam Gypsy Rose Lee nach Hause, trank ein Glas Orangensaft, schnappte sich ihre Schlafmaske aus dem Eisschrank und verabschiedete sich ins Bett.

Wie immer, wenn Annemarie im Februarhaus übernachtet hatte, lag sie zur Frühstückszeit reglos wie eine Katze auf der Chaiselongue, in einen schneeweißen

Kimono gehüllt, die halb geschlossenen Augen unentwegt auf Klaus gerichtet. Säße Erika auf dem Stuhl ihres Bruders, hätte sich die Katze schnurrend erhoben, um ihr Stuhlbein zu umschmeicheln, aber Erika hielt sich dem Februarhaus fern. Ihre Zeit war zu kostbar für diese Art von Geselligkeit. Carson, deren ausgezehrter Körper wie jeden Morgen von schlimmen Hustenanfällen geschüttelt wurde, stellte einen Teller mit gebuttertem Toast vor ihren Engel. Annemarie bedankte sich mit einem Lächeln, wie man es einem eifrigen Kind schenkt. Den Toast rührte sie nicht an.

Am späten Vormittag wurde es für ein paar Stunden ruhig im Haus, nur das Hacken von Schreibmaschinen drang leise aus den Zimmern, und ein dünner Geruch von Terpentin zog durch das Haus.

Carson zog sich in ihr grünes Paradies zurück und brütete. Sie hatte ihren Schreibtisch vor eines der Fenster gestellt, so dass sich ihr Blick bei der Arbeit immer wieder über die Hafendocks und das breite Band des East River verlor. An warmen Tagen öffnete sie das Fenster und atmete die salzige Luft. Ihre Schreibmaschine thronte zwischen Notizbüchern, Bleistiften, Aschenbechern und ihrer Teetasse, in die sie unablässig aus einer Thermoskanne das Gebräu nachschenkte, das sie als ihr »magisches Elixier« bezeichnete, ein Getränk, das zur Hälfte aus Tee und zur anderen Hälfte aus Sherry bestand. Von einem gewissen Punkt an versetzte sie sich damit unweigerlich in den begehrten halb bewussten Zustand, der ihr die träumerischsten Gedanken eingab. Eine matte, schöpferische Trance.

Sie brachte nur wenig zu Papier. Den Plot um den

fliehenden deutschen Juden hatte sie längst fallen gelassen. Jeder von den Menschen in diesem Haus hätte ein wahreres Buch daraus machen können als sie.

Stattdessen drängte sich das mit Bleistift gezeichnete Dreieck aus Freds Café in ihre Vorstellungen. Ihr innerer Blick sank in seine leere Mitte. Was war das? Rätselhaft war es. Mächtig. Jeden Tag drängte es sich auf. Dann begann es auch noch zu pulsieren. Sie erkannte den Puls: Liebe und Zerstörung. Sie rieb sich die Augen und griff nach dem magischen Elixier. Liebe und Zerstörung und Leben und Tod, pulsierte es unbarmherzig weiter. Ein ewiger Refrain. Und plötzlich wusste sie, was sie zu tun hatte.

Eines Abends, als sie vom Brüten erschöpft aus ihrem grünen Paradies herabstieg, klopfte sie an die Tür von Georges Kabinett.

George saß mit feuerroten Pantoffeln in seinem Sessel, hielt ein Manuskript auf dem Schoß und raufte sich die Haare. Vor ihm auf dem Boden kniete Gypsy, der er dabei half, die abenteuerlichen Erfahrungen ihres Nachtlebens in einen burlesken Mörderroman zu gießen. Ihr Anekdotenschatz war so reich, dass er sich kaum bändigen ließ. Wild gestikulierend redete sie auf ihn ein.

»Störe ich euch?«

Die beiden blickten auf und sahen sie an wie ein Gespenst. Es dauerte ein paar Augenblicke, bis sie ihre Aufmerksamkeit in die Gegenwart zurückgeholt hatten. Ja, Carson hatte gestört, aber die beiden schienen fast froh darüber zu sein.

»Wer kommt mit auf einen Drink?«, fragte Carson.

Die Stimmung in der Bar in der Sand Street schlug nach den Stunden der Abgeschiedenheit wie eine Welle über ihnen zusammen. Stimmen und Jazzmusik brandeten auf und ebbten ab, der Geruch von Schweiß, Parfüm und Alkohol sättigte die Luft. Aus den einander zugeneigten Gesichtern der Gäste strahlte eine Fröhlichkeit, als hätte jeder einzelne seine Sorgen in der Garderobe abgelegt.

Carson, George und Gypsy zwängten sich an der winzigen Tanzfläche vorbei, die an der Stelle einiger zur Seite gerückter Tische entstanden war. Sie beobachteten die gedrängt tanzenden Paare. Ein blonder Matrose ließ seinen Kopf auf dem seiner viel kleineren Partnerin ruhen, die doppelt so alt zu sein schien und ihr glückliches Gesicht mit geschlossenen Augen an seinen Hals schmiegte. Ein pickliger Jüngling manövrierte unbeholfen seine rundliche Freundin über das Parkett, als übten sie für den Abschlussball der Highschool. Ein Mann und eine Frau mittleren Alters legten einen eleganten und schwerelosen Tanzstil an den Tag, der in krassem Gegensatz zu ihren billigen, aufgetragenen Kleidern stand. Über den Köpfen der Tanzenden hing eine regungslose Wolke von Tabakrauch.

Carson schob sich zur Bar, um die Drinks zu holen. Und da, hinter der Theke, fand sie die Quelle, die das Lokal bis in die letzte Ecke und bis ins vergrämteste Herz hinein mit Leben durchströmte. Noch nie hatte sie ein ungleicheres Paar gesehen: Die Frau war eine Riesin, die alle um sie herum um Haupteslänge überragte. Sie war muskulös wie ein Mann und so mager, dass man ihre starken Knochen sehen konnte. Ihr kurzes Haar umrahmte ein schmales Gesicht mit gerader Nase und leuchtenden grauen Augen. Geschickt hantierte sie mit zwei Flaschen zugleich und ließ den Whiskey in goldenen Strahlen in die vor ihr aufgereihten Gläser fließen, die sie anschließend über den feuchten Tresen schlittern ließ.

Ihr Partner verteilte die Drinks. Der Mann war kaum einen Meter vierzig groß, ein Zwerg mit schiefer Nase und dünnen Lippen. Unter seinem strohfarbenen Haar glänzte die Kopfhaut des groben Schädels, der beinahe halslos auf einem buckligen Rücken thronte. Buschige Augenbrauen trafen sich über der Nasenwurzel in verdrießlichen Falten. Er fing die Gläser mit einer Selbstverständlichkeit auf und überreichte sie mit einer Würde, als handelte es sich um den Leib Christi.

Obwohl sie sich nicht ansahen, spürte man zwischen den beiden eine Harmonie, die von einem tiefen Einverständnis rührte und sich auf alles um sie herum übertrug. Carson starrte die beiden an, bis die Riesin aufsah und ihr mit einem fragenden Blick begegnete. Carson wandte sich ab. Die drei randvollen Gläser vor sich herbalancierend, bahnte sie sich ihren Weg zurück zu George und Gypsy, und mit jedem Schritt, den sie machte, schien der fröhliche Lärm vor ihr zurückzuweichen. Die unerklärliche Ruhe, die sie am Morgen nach Reeves' Schlag ergriffen und in Freds Café geführt hatte und die sie dort das Dreieck hatte zeichnen lassen, breitete sich erneut in ihr aus.

Dieselbe tiefe Stille. Dieselbe klare Sicht.

Sie sah, dass die Riesin und der Zwerg den Raum mit Liebe füllten und alle, die hier waren, darin einhüllten. Zugleich aber war noch etwas anderes anwesend. Die dritte Person, der dritte Winkel des Dreiecks – das wurde ihr augenblicklich klar, ohne zu wissen, woher diese Klarheit rührte – war ein Mann von schönem Äußeren und faulendem Inneren. Hier, in der Bar in der Sand Street, brauchte sie sich nicht nach ihm umzusehen, sie wusste, dass er nicht hier war, dass er hinter der Kulisse lauerte. Sie wusste nicht, wie sich Liebe und Zerstörung zwischen den dreien entfalten würde. Aber ihre Vorstellung sprang für den Bruchteil eines Augenblicks in die Zukunft. Sie sah die Bar verlassen im Dunkeln liegen und einen jeden, der hier und jetzt das Leben feierte, einsam durch die Nebel seines Schicksals wandern. Sie wusste nicht, was passieren musste, damit sich ein glückliches Café – Szene für Szene – in ein trauriges verwandelte. Aber sobald sie es wusste, sobald sie den einen Ton in sich hörte, der das Thema anführte und die Tonart bestimmte, würde aus der Leere in der Mitte des Dreiecks wie von selbst ein Lied erklingen. Eine Ballade. Sie musste nur warten.

Das Leben in der Middagh Street nahm seinen Lauf. Die Stunden stillen Brütens im grünen Paradies schienen immer kürzer zu werden, bevor die Stimmen im Haus wieder anschwollen. Neue kamen hinzu, es klingelte in immer kürzeren Abständen an der Tür, wo George höchstpersönlich jeden einzelnen der Gäste für den Abend begrüßte. Aus der Küche duftete es nach Braten. George verteilte die Drinks. Der Salon vibrierte vor Exzentrizität, Ideen flogen von einem zum anderen, und Carson tauchte ein. Sie hatte fast ihr ganzes Leben als Außenseiterin verbracht, hier war sie ein

Fisch im Wasser. Draußen, außerhalb der Mauern des Februarhauses, wuchs ihr Ruhm, und in ihrem Inneren wuchs unbemerkt ein zweites Meisterwerk heran. Aber fürs Erste genoss sie es, dass sie nur die Tür ihres Zimmers hinter sich zuzuziehen und die Treppe nach unten zu gehen brauchte, um Wystons Kochkünste zu genießen, Brittens Humor, den Geruch nach Farbe und Tinte, die nächtlichen Ausflüge. Sie flog geradezu, auch wenn ihr dabei schwindlig war.

Und Reeves?

Reeves war auch dort. Von Zeit zu Zeit. Wenn die beiden sich zwischen erbitterten Streitereien wieder einmal vertrugen, es noch einmal versuchten. Reeves hatte leichtes Spiel bei Carsons Freunden, sie erlagen fast allesamt seinem Charme, den er immer noch aufleuchten lassen konnte, wenn es darauf ankam. Mit Carsons periodischer Giftigkeit inzwischen vertraut, ergriffen nicht wenige sogar Partei für »den armen Reeves-Darling«, wenn sie ihn nach stundenlangem Geschrei vernichtet aus dem grünen Zimmer kommen sahen. Um in sein »Loch« in Manhattan zurückzukehren.

Und wenn er nicht nach Hause ging? Zumindest nicht, ohne vorher noch in einer Bar nach einem Gefährten für die Nacht zu suchen? Im *Bluteimer* am Hafen vielleicht, wo sich neben Matrosen und Transvestiten auch Intellektuelle und reiche Geschäftsleute trafen.

Man saß am Tresen, trank und schwadronierte. Ob das Gegenüber hinter einer Marmorfassade der Upper East Side wohnte oder auf einem Abluftgitter über der Subway, spielte keine Rolle. Hier wurde nicht geurteilt.

Hier wurde handfest getrunken. Hier konnte Reeves sein frustriertes Blut besänftigen.

Dicht an seiner Schulter saß ein Mann in einem verstaubten Tweedanzug, dessen Alter hinter dem Bart und den Brillengläsern nicht zu erraten war. Seit einer halben Stunde ließ er schweigend Reeves' Klagen über sich ergehen, während er ruhig ein Glas nach dem anderen leerte. Dann nahm er die Brille ab. Seine Augen waren völlig klar.

»Und was lässt dich so sicher sein, dass du Schriftsteller bist?«

Reeves, der nicht damit gerechnet hatte, dass der Mann ihm überhaupt zugehört hatte, wich die Farbe aus dem Gesicht. Der Mann hielt seinem Blick stand, bis Reeves ihn auf die feuchten Ringe auf dem Tresen sinken ließ. Noch nie hatte ihm irgendjemand diese Frage gestellt. Nicht einmal er selbst.

»Na?«, hakte der Fremde nach.

»Ich ... ich weiß es einfach ... hab's immer gewusst. Ich weiß, dass ich das Talent habe.« Seine Stimme klang dünn.

»Aber du hast noch nie ein Buch geschrieben?«

»Nein.«

»Eine Geschichte?«

»In der Highschool habe ich einmal ...«

»Nach der Highschool?«, präzisierte der Fremde geduldig.

»N-ein.«

»Warum nicht?«

Reeves zögerte. Nichts von dem, was er zu sagen hatte, kam über seine Lippen. Alles, was er zum Überleben tun musste, tagein, tagaus, anstatt wie Carson ... Das Gesicht des Fremden verschwamm. Der billige Gin hatte Reeves' Zunge dick und unbeweglich gemacht. Aber er wollte die Antwort nicht schuldig bleiben.

»Das ist eine lange Geschichte ...«, setzte er an.

»Die meisten langen Geschichten lassen sich kürzen.«

»Diese nicht.«

»Na gut.« Der Fremde winkte dem Mann hinter der Bar und streckte zwei Finger in die Luft. »Dann lass sie eben lang. Hab heute ja doch nichts Besseres mehr vor.«

Reeves legte beide Hände um das frische Glas. Der goldene Ring an seiner Linken leuchtete im Licht der Lampe, die über ihren Köpfen hing und tiefe Schatten unter die Augen des Fremden warf.

»Es ist kompliziert. Weißt du, meine Frau ist auch Schriftstellerin. Und sie hat ein Buch geschrieben. Zwei sogar. Interessierst du dich für Bücher?«

»Sehr.«

»Dann kennst du sie vielleicht. Ihr Gesicht ist überall, nirgends ist man sicher davor. Man sitzt in der Subway einem Studenten gegenüber, und er hält einem das Gesicht meiner Frau vor die Nase.«

»Das Herz ist ein einsamer Jäger?«

»Hast du's etwa gelesen?«

Der Fremde nickte und fuhr sich mit der Zunge über die Lippen. »Es ist ziemlich gut.«

»Ja, nicht wahr? Das ist es, es ist großartig. Unter meinen eigenen Augen hat sie es geschrieben, jedes Kapitel mit mir besprochen. Ich wusste gleich, dass es einen Nerv treffen würde.«

»Die McCullers ist deine Frau?«

»Du sagst es. Ich bin der Mann der McCullers.« Reeves leerte sein Glas und blinzelte. »Verstehst du nicht? Selbst wenn ich, Reeves McCullers, doch noch etwas fertigbrächte, mein Name ist schon vergeben.«

Der Fremde schüttelte den Kopf. »Verstehe ich nicht. Hört sich für mich nach einer Aus...«

»Ich weiß nicht einmal«, fiel ihm Reeves ins Wort, »ob sie überhaupt noch meine Frau ist.«

»Sie hat dich verlassen?«

Reeves zuckte zusammen. »Ist ausgezogen. Lebt jetzt mit Halbgöttern zusammen. Für das Schreiben hat sie jetzt Robert Linscott, für das Zuhause diesen Snob George Davies und für die Liebe ...«, Reeves holte Luft, »schmachtet sie nach dieser Schweizer Opiumsüchtigen.«

»Sie liebt eine Frau?«

»Das«, Reeves tippte dem Fremden mit dem Zeigefinger auf die Brust, »ist eine gute Frage.« Ihm schwindelte, als hätte der Fremde in ein Wespennest in seinem Kopf gestochen. »Sie sagt immer, das Geschlecht zweier Liebender habe nichts mit ihren Gefühlen füreinander zu tun.« Reeves verstummte für einen Moment, doch dann brach aus ihm hervor: »Aber wir, sie und ich, wir sind doch Mann und Frau!« Er wischte sich über das Gesicht und merkte, dass es tränennass war. »Liebt sie Annemarie? Liebt sie mich? Hat sie mich geliebt? In jedem Fall liebt sie es, sich festzusaugen und nicht mehr loszulassen. Sie liebt sich selbst, sie liebt Ideen.«

Der Fremde griff nach Reeves' schwankenden Schultern und sah ihm in die Augen. »Du bist im Sog schlechter Gedanken, mein Freund.«

»Die Wür-fel …«, stammelte Reeves.

»Wie alt bist du eigentlich?«

»Siebenundzwanzig.«

»Du klingst, als wärst du siebzig, als läge alles schon hinter dir.«

Reeves' Gewicht zog ihn vom Sitz des Hockers. Weder er selbst noch die Hand des Fremden konnten das verhindern.

»Warum«, hörte er noch fern eine Stimme. »Warum lässt du sie nicht einfach gehen?«

Aber er war immer noch Carsons Ehemann. Auf jeden verzweifelten Rausch folgte eine Phase der Nüchternheit. Und wenn Reeves seine Ehe nüchtern betrachtete, war sie für ihn noch nicht vorbei. Carson würde nicht bis ans Ende ihrer Tage in dem künstlichen Paradies dieses verrückten Hauses leben können. Dazu war sie zu zerbrechlich. Ihre Gesundheit war zu schwach. Der Winter stand vor der Tür und mit dem Winter, wie jedes Jahr, Infektionen und Fieberschübe. Carson wollte ihn nun kaum noch sehen. Aber er wusste, dass er nur in der Nähe zu bleiben brauchte.

Der Strom von Menschen, die das Februarhaus für Tage, Wochen, Monate bevölkerten, riss nicht ab. Die Aufregungen und Anregungen zündeten ein Feuerwerk nach dem anderen, jedes für sich ein Wunder. Carson saugte alles in sich auf. Eine Unruhe erwachte in ihr und ließ sich nicht mehr besänftigen. Ließ ihre Hände zittern und ihren Blick flackern. Ihr Husten verschlimmerte sich. Sie ignorierte ihn, bis George sie bat, sich vom Frühstückstisch fernzuhalten und einen Arzt kommen zu lassen.

»Ganz normal«, versicherte sie ihm krächzend. »Ist nur die Jahreszeit.«

Ihr Hals schwoll an. Gypsy behandelte ihn mit heißen Umschlägen und befahl ihr, im Bett zu bleiben. Beim Versuch einzuschlafen flatterten ihre Augenlider wie nervöse Falter, die sich nur von Gypsys Schlafmaske besänftigen ließen.

Sie spürte, wie sie schwächer wurde, wie ihre Temperatur von Tag zu Tag anstieg, aber sie weigerte sich, das Fieber zu messen. Sie wollte nicht krank werden. Nicht jetzt. Nicht aus dem Leben gerissen werden – dem lebendigsten Leben, das sie je gehabt hatte – und in die Abgeschiedenheit verbannt werden.

Nachts wachte sie in schweißnassen Laken auf. Ihre Hand griff neben sich ins Leere. Plötzlich spürte sie, dass sie allein war. Sie wollte aufstehen, um sich ein Glas ihres Elixiers aus der Thermoskanne einzuschenken, aber sie war zu schwach und sank in ihr zerknülltes Kissen zurück. Angst setzte sich auf ihre Brust. Sie rief nach Reeves. Dann erinnerte sie sich, dass sie Reeves aus ihrem Leben verbannt hatte. Sie rief nach Annemarie. Aber Annemarie war auf Reisen, wie lange schon? Briefe waren aus Europa in die Middagh Street gekommen, aber dann waren die Briefe ausgeblieben. Seit Wochen hatte sie nichts von ihr gehört. »Mein Engel«, rief Carson, »wo bist du?« Das schöne Gesicht erschien in der Dunkelheit. Die geschwungenen Brauen zogen sich in die Stirn, und die grauen Augen blickten sie traurig an. Dann leerte sich der Blick. Die Traurigkeit zog sich daraus zurück und mit der Traurigkeit das Leben. Carson spürte die eisige Kälte von ihren Füßen aufsteigen, in die Knie, in die

Schenkel. Ihr Herz raste, dann stolperte es, und während der grauenvollen Momente, in denen sie darauf wartete, dass es weiterschlug, öffnete sich ihr Mund zu einem lautlosen Schrei.

Gypsy hielt ihre Hand.

Marguerite flüsterte ihren Namen.

Reeves drückte ihren schweren Kopf an seine Brust und stopfte die Wolldecken um ihre Schultern fest, während der Greyhound über die Landstraße holperte, über der es Tag wurde und wieder Nacht.

Columbus, 1941

Abermals fand sie sich krank im Bett ihres Mädchenzimmers. Marguerite hatte ihr verboten aufzustehen, aber als Carson sie eines Morgens vor dem Haus den Wagen anlassen hörte, zog sie ihre Strickjacke über das Nachthemd und stieg die Treppe hinunter. Das Gefühl der abgetretenen Holzstufen unter ihren nackten Fußsohlen war so vertraut, dass ihr vor Dankbarkeit die Tränen in die Augen stiegen.

»Liebling!«, rief Lamar überrascht und nahm die Beine vom Küchentisch. »Bist du sicher, dass du aufstehen kannst?«

Carson ging zu ihrem Vater und legte ihm die Hand auf die Schulter. Lamar tätschelte sie, ließ das Buch auf seinem Schoß zuklappen und legte es auf die weiß gescheuerte Tischplatte. Es war *Spiegelbild im goldenen Auge*, ihr zweiter Roman, der erschienen war, während sie selbst im Bett gelegen hatte. Carson wusste noch nicht einmal, wie das Buch aufgenommen worden war. Lamar ging zum Herd, klapperte mit dem Kaffeetopf und stellte eine Tasse vor seine Tochter.

Carsons weiße Finger umfassten die heiße Tasse, sie blies hinein und sah Lamar über den dampfenden Rand hinweg an. Alt war er geworden. In den wenigen Jahren, seit sie nicht mehr zu Hause wohnte, hatten sich tiefe Falten in seine Stirn gezeichnet, Mundwinkel und Schultern beschrieben jeweils ein umgedrehtes U. Nur die großen Hände mit den langen Fingern waren so sehnig und geschickt, wie sie sie in Erinnerung hatte.

»Gehst du heute nicht ins Geschäft?«, fragte sie.

»Es ist Sonntag.«

»Früher bist du sonntags immer hin. Du hast die Ruhe geliebt.«

Er schüttelte den Kopf. Hinter den Brillengläsern huschte ein Blick zum Küchenschrank, Carson folgte ihm und stellte die Tasse auf den Tisch. »Dein Gewehr?« Sie konnte sich nicht erinnern, es jemals in Lamars Hand gesehen zu haben. »Warum steht es da? Warum hängt es nicht im Keller, wo es hingehört?«

»Wir …« Er brach ab, wischte sich mit dem Handrücken über die Stirn und sah sie zärtlich an. »Du warst wirklich sehr krank, diesmal«, begann er erneut. »Marguerite hat sich schreckliche Sorgen gemacht, du solltest auf keinen Fall etwas von dem mitbekommen, was hier vor sich ging.«

Carson lehnte sich zurück und verschränkte die Arme vor der Brust. Ihre Augen wurden schmal. »Nun bin ich aber wieder gesund, also: heraus damit!«

Lamar legte eine Hand auf das Buch, das vor ihm auf dem Tisch lag. Marguerite würde ihn erwürgen, wenn sie erfuhr, dass er Carson damit konfrontiert hatte, kaum dass sie das Bett verlassen hatte. Aber er fand, dass sie ein Recht hatte, es zu erfahren. Sie war kein Kind mehr, vor dem man die Wirklichkeit verbergen konnte.

Während er nach den richtigen Worten suchte, deutete Carson mit dem Kinn auf das Buch, das unter seiner Hand lag. »Hat es damit zu tun? Mit dem *Spiegelbild?*«

Lamar nickte. Carson wich das Blut aus dem Gesicht, mit einem Male wurde ihr bewusst, was sie getan hatte. Sie hatte das Buch innerhalb weniger Monate geschrieben, einfach weil sie weiterschreiben wollte, weiterschreiben musste, nachdem sie das *Herz* abgeschlossen hatte. Sie hatte es geschrieben, um schreibend zu überleben, als sie erkannte, dass ihre Liebe zu Reeves im Sterben lag.

Es fiel ihr schwer, sich zu erinnern, was genau sie geschrieben hatte, sie hatte nie mehr einen Blick in das Buch geworfen, nachdem sie den Punkt hinter den letzten Satz gesetzt hatte. Aber sie wusste, dass es schwarz war und animalisch, die Figuren selbstbesessen, grotesk und getrieben von Sex, für den sie mit dem Tod bezahlten. Als Schauplatz der Handlung hatte Carson ein Army-Camp im Süden gewählt, das sie Fort Benning nachgezeichnet hatte. Schlagartig wurde ihr bewusst, wie dieses Buch in Columbus aufgenommen werden musste. Sie sah sich selbst, die Autorin dieses Werkes, mit ihrem Vater in der Küche sitzen und Kaffee trinken und meinte, von draußen hasserfüllte Blicke zu spüren. Sie straffte die Schultern.

»Hast du es gelesen?«, fragte sie.

Lamar nickte ruhig.

»Und?«

»Ich habe bisher jede Zeile geliebt, die du geschrieben hast«, begann er langsam.

»Bisher?« Sie rührte immer noch in ihrer Tasse, obwohl sich der Zucker längst aufgelöst hatte. Erst jetzt sah sie die Schatten unter Lamars Augen.

»Dieses Buch gefällt mir nicht«, fuhr er fort. »Die Leute darin … sie sind keine Menschen. Sie sind wie

Abziehbilder ihrer eigenen Angst.« Er zögerte. »Untote, die auf ihrem Grab tanzen.«

Noch nie hatte Carson ihren Vater ein so starkes Urteil aussprechen hören. Sie schluckte. Vielleicht hatte er recht, ein Totentanz, vielleicht war es das, was sie hatte schreiben müssen.

»Seit Tagen klingelt das Telefon«, fuhr Lamar fort. »Man hört nur ein heiseres Keuchen am anderen Ende der Leitung. Oder jemand flüstert: per-vers. Gestern Abend meldete sich eine Männerstimme. Wir sollten uns warm anziehen, sagte sie. Diese Nacht würde unsere letzte sein.«

Carson kannte Columbus gut genug. Der Ku-Klux-Klan stieß Morddrohungen aus, seit sie denken konnte. Meistens begnügten sich diese »ehrenhaften« Bürger, die niemals ihre Identität preisgaben, damit, bei Nacht und Nebel auszurücken und mit Kapuzenkutten und Fackeln Angst und Schrecken zu verbreiten. Aber es hatte auch schon Morddrohungen gegeben, die wahr gemacht worden waren.

»Deshalb das Gewehr?«

Lamar nickte stumm. Er stand auf, nahm die Waffe in seine beiden Uhrmacherhände und blickte sie ungläubig an. Dann warf er sich in eine breitbeinige Pose, hielt das Gewehr quer über seine Brust und trat auf die Veranda hinaus. Der Anblick war so absurd, dass Carson trotz des Schreckens grinsen musste. Lamar Smith, ihr Daddy, der friedfertigste Mann auf Erden, mit einer tödlichen Waffe in der Hand, bereit, seine Familie zu verteidigen.

Ihm selbst schien es nicht anders zu gehen, denn als er sich zu ihr umdrehte, lächelte er auch.

»Wie viel Uhr ist es?«, rief er ihr zu.

Carson drehte den Kopf zur Wand über der Spüle, an der die große Küchenuhr hing. Im nächsten Augenblick spürte sie einen stechenden Schmerz hinter dem linken Auge, scharf wie ein Rasiermesser. Ihre Augen hefteten sich auf die Uhr. Das Ziffernblatt war rund und weiß wie der Mond. Sie konnte die schwarzen Striche darauf erkennen, aber die Striche ergaben keinen Sinn. Sie stockte. Sie erinnerte sich, dass irgendjemand nach der Uhrzeit gefragt hatte, dass sie sich der Uhr zugewandt hatte, um die Frage zu beantworten, aber die Uhr hatte weder Zeiger noch Ziffern. Die Uhr war zum Mond geworden, und auf dem Mond bewegten sich schwarze Zeichen. Sie flimmerten ohne die Last einer Bedeutung, als ob sie tanzten, ein wunderschöner, ruhiger Tanz. Um den Mond stand ein leuchtender Hof aus undurchdringlichem Nebel, der die Spüle und alle anderen Gegenstände in der Küche, den Vater auf der Veranda, das ganze Haus und sie selber verschluckte. Carson hob die Arme, und in der Bewegung zerflossen die Grenzen ihres Körpers. Sie trat neben sich und sah sich mit erhobenen Armen in der Küche ihres Elternhauses stehen, und zugleich war sie der Nebel, der diese Person langsam verschluckte. Der Nebel war warm. Er breitete sich aus. Im nächsten Augenblick umhüllte er die ganze Stadt, von der größten bis zur kleinsten Seele, und alles wurde eins. Carson verstand nicht, was mit ihr geschah. Sie hörte noch ihren Namen, die Stimme ihres Vaters aus weiter Ferne, doch die Stimme verfing sich, blieb irgendwo hängen und löste sich auf. Sie wusste nicht mehr, wo sie begann und wo sie aufhörte. Wo die Welt begann und wo sie aufhörte. Ihre Aufmerksamkeit sank in ihr Inneres, und was dort auf sie wartete, seit aller Ewigkeit geduldig auf sie gewartet hatte, war Stille. Ein ganz und gar ruhiger Geist, der keine Begriffe kannte, keine Worte. Alle Töne dieser Welt erklangen in einem einzigen Akkord der Stille. Ihr Geist zersprang wie eine Kapsel, und was auch immer es war, das befreit daraus hervortrat, es zerstob in unendliches Glück.

Die Stille wurde umkämpft. Stimmen drangen ein.

Ein Bass: »Sie ist erst vierundzwanzig. Es kann kein Schlaganfall gewesen sein.«

»Es spricht aber alles dafür. Die Symptome sind eindeutig«, widersprach ein Bariton.

»Nicht unbedingt«, gab der Bass zu bedenken. »Es könnte sich ebenso gut um einen nervösen Zusammenbruch handeln.«

»Meine Herren«, mischte sich Marguerites Sopran ein. »Sie ist wach.«

Das Gesicht ihrer Mutter blickte Carson aus dem Nebel entgegen, als hätte jemand mit dem Atem eine kreisrunde Stelle in eine vereiste Scheibe gehaucht.

Wovon zur Hölle sprachen sie? Von ihr?

Sie wollte protestieren, aber aus ihrem Mund drangen nur unkenntliche Laute. Sie spürte Tränen auf ihrer Hand und verschob das Sichtfenster in der Nebelwand. Die Wirklichkeit senkte sich auf sie herab. Carson wollte zurück in den Nebel. Oh mein Gott. Sie hatte das Paradies gesehen, und nun fand sie sich hier wieder. Wie eh und je.

Ob sie jemals damit aufhören würde, mit jeder Krise in ihr Mädchenbett zu fallen und die Suppen ihrer Mutter zu schlürfen? Diesmal war es besonders schlimm. Sie war fast blind, so gut wie unbeweglich und keiner Sprache mehr mächtig. Reeves war nach New York gereist, um Arbeit zu suchen. Annemarie war immer noch verschollen. Die Middagh Street war unerreichbar. Und von dem wenigen, das um sie herum vorging, verstand sie so gut wie nichts. Aber sie hatte in die weiße Stille gesehen, in die Mitte des Dreiecks, und was sie dort gesehen hatte, das würde sie in ein Lied verwandeln.

Sie genas schneller, als irgendwer es für möglich gehalten hätte. Das Sehen und die Sprache kamen zurück, und die unverständlich tanzenden Tintenkleckse auf den Seiten der Bücher reihten sich wieder in sinnvolle Sequenzen. Ihre Schreibmaschine wartete auf dem Tisch vor dem Fenster, und als mit dem Frühling der Duft der Sumpflilien die Luft in ihrem Zimmer erfüllte, ließ sie sich davor nieder.

Es war an der Zeit, von Liebe zu sprechen.

Sie blickte aus dem Fenster auf die Straße, auf die sie ihr halbes Leben geblickt hatte. Und plötzlich sah sie ein Haus dort stehen. Ein trauriges Haus, so schief, dass es jeden Moment einzufallen drohte. Die Fenster waren mit Brettern vernagelt, nur ein einziges im oberen Stockwerk war frei geblieben, und aus diesem Fenster stierte ein Gesicht heraus wie aus einem Traum vom Ende des Lebens.

»Ich bin dahin«, sagte das Gesicht, ohne den Mund zu bewegen. Doch dann verzogen sich die Mundwinkel zu einem Lächeln, und die grauen Augen blitzten auf. »Aber ich habe dich geliebt. Wer liebt, der begibt sich in Gefahr. Und wer sich in Gefahr begibt, der kommt darin um.« Das Gesicht erzählte seine Geschichte. Es erzählte von Liebe und von Einsamkeit. Vom erbitterten Kampf, den sie sich lieferten. Es erzählte von einer Stadt im Süden, in der sich niemals etwas ereignet hatte. Nichts als eine einzige, unerhörte Liebe.

Der schöne, böse Marvin Macy liebt Miss Amelia bis zur Besinnungslosigkeit. Sie heiratet ihn, Gott weiß, warum, denn schon in der Hochzeitsnacht beginnt sie ihn bis aufs Messer zu hassen. Dafür wächst später in ihr eine eigentümliche und starke Liebe zu einem Buckligen, Cousin Lymon. Carson genoss es, diesen Geliebten als Gegenbild von Annemarie zu beschreiben: zwergenhaft, missgestaltet, berechnend. Auch der Bucklige entkommt seinem Schicksal nicht. Er behandelt die ihm ergebene Miss Amelia wie Luft, verliebt sich dafür ausgerechnet in den schönen, bösen Marvin Macy. Er wackelt mit den großen blassen Ohren, um ihn zu betören, ein Trick, der auf Miss Amelia immer unwiderstehlich wirkt. »Was fehlt dem kleinen Krummbuckel? Hat er Krämpfe?«, höhnt Marvin Macy. Doch das schreckt Cousin Lymon nicht. Er liebt, und nichts und niemand wird daran etwas ändern. *»Die merkwürdigsten Leute können Liebe auslösen«*, tippte Carson. *»Der Geliebte kann treulos sein, kann fettiges Haar haben oder schlechte Gewohnheiten, ja, und der Liebende mag das alles so deutlich wie alle anderen Menschen erkennen, doch das berührt das Wachstum seiner Liebe nicht im Geringsten. Eine höchst mittelmäßige Person kann Gegenstand einer Liebe sein, die so wild und schön ist wie eine Giftlilie im Sumpf.«*

Das verlebte Gesicht im Fenster eines einfallenden Hauses erzählte von Miss Amelia, Cousin Lymon und Marvin Macy. Und Carson erzählte von sich, von Reeves und von Annemarie. Und von dem bodenlosen Raum, der zwischen ihnen lag.

Nach wenigen Wochen steckte sie das Manuskript in einen Umschlag und schickte *Die Ballade vom traurigen Café* nach New York.

Abend

Nyack, Nacht zum 3. Oktober 1967

Ich weiß nicht, wie viel Zeit vergangen ist. Das Papier vor mir auf dem Schreibtisch ist immer noch unbeschrieben, und wenn ich mich nicht zusammenreiße und diese Abschiedsworte aus mir hervorbringe, wird es das auch bleiben. Ich staune, wie sehr es mich nach all den Jahren immer noch beunruhigt und ermüdet, vor einer hartnäckig weißen Seite zu sitzen.

Vor mir steht eine Tasse mit duftendem Kaffee, ich habe gar nicht bemerkt, wie Ida hereingekommen ist. Ich drehe mich um. Sie steht ruhig an der Tür. Die treue Ida, die Carson dreizehn Jahre ihres Lebens geschenkt hat. Ihr nicht von der Seite gewichen ist. Sie genährt, gepflegt und gebettet hat wie ein eigenes Kind, hingebungsvoll und zurückhaltend, eine treue schwarze Seele aus dem Süden. Sie hat sie getröstet, wenn sie aus ihren Albträumen aufschreckte, und wenn Carson das wollte, schlief sie bei ihr auf Marguerites Seite des Doppelbettes. Ich habe mich immer gewundert, wie selbstverständlich Carson Idas Liebe entgegennahm. »Meine Ida«, sagte sie immer, »ist genau, was ich brauche: unerschütterlich.«

Und so steht sie auch jetzt da, gleichmütig lächelnd, obwohl sie vielleicht von allen Menschen derjenige ist, den Carsons Tod am tiefsten trifft.

»Danke, Ida«, sage ich und nehme den Kaffee vom Tisch.

»Wie kommst du voran, Ben?«

»Nun, ich …«

»Du sollst dich doch nicht quälen deswegen.«

»Das sagst du. Aber ich bin ratlos.« Ich strecke den Arm und zeige auf das Regal mit den Erstausgaben. »Sie hat doch alles selbst gesagt. Und wir haben es alle verstanden. Oder etwa nicht?«

Ida lächelt. »Mhm. Sie musste sich mitteilen. Auf Teufel komm raus.«

»Da war sie zäh«, sage ich.

»Oh ja!« Ida lacht. »Das war Sister, ein zäher alter Vogel. Und ein kleiner Teufel dazu …« Ihre Brust hebt sich schwer. Ich sehe den Gleichmut bröckeln, Tränen in die Augen steigen. Ich stehe auf und gehe zu ihr. Doch sie will ihre Trauer nicht mit mir teilen. Mit einer wackligen Drehung auf dem Absatz wendet sie ihren schweren Körper und verlässt den Raum.

Die Liebe, denke ich. Man wird nie fertig damit. Niemand. Eine endlose Reihe. Liebende und Geliebte.

Ich nehme einen Schluck, der Kaffee ist stark und süß und so schwarz, wie die Seite weiß ist. Ich bin kurz davor, aufzugeben. Da kommt Ida noch mal zurück.

»Ben?« Sie faltet die Hände über dem Bauch. Die Brillengläser über ihren runden schwarzen Augen blitzen. »Wenn es dir so schwerfällt, über Carson zu schreiben, warum fängst du dann nicht bei dir an?«

»Bei mir?« Ich setze die Tasse ab und sehe sie überrascht an.

»Nun«, beginnt sie, und es fällt ihr schwer weiterzusprechen. Was sie zu sagen hat, fällt aus der Rolle, in die sie hineingewachsen ist. »Es wird seinen Grund haben, dass Carson gerade dich ausgesucht hat, an ihrem Grab zu sprechen.«

»Ganz bestimmt sogar«, stimme ich ihr zu. »Aber welcher das gewesen sein könnte, wird mir immer unverständlich sein. Sie wusste schließlich nur zu gut, dass ich Probleme habe mit dem … Schreiben.«

Ida fährt mit der Hand durch die Luft, als ob das der schwächste Einwand wäre, den sie je gehört hat.

»Warum fängst du nicht am Anfang an?«

Ich lache. »Stimmt, der Anfang ist immer gut. Und welchen Anfang schlägst du vor?«

Sie schweigt und sieht mich durchdringend an. Mein Lachen erstirbt, und plötzlich weiß ich ganz genau, wovon sie spricht. Mein Körper spannt sich an, ich greife nach dem Füller, den ich mutlos auf den Tisch geworfen habe, und drehe ihn nervös in meinen Händen.

Sie sieht mich ruhig an und nickt. »Fang bei dir an, Ben. Fang damit an, wie Carson in dein Leben getreten ist.«

Littleville, Texas, 1941

Ein langer Sommer ging vorbei. Obwohl sich die Tage immer noch still und sonnig aneinanderreihten, schien meine kleine Welt von Unruhe ergriffen und ich selbst von einer Rastlosigkeit, die ich mir nicht erklären konnte. Ich ritt jetzt häufiger in die Stadt, wo ich mit tief ins Gesicht gezogenem Stetson die Hauptstraße entlangstrich. Als ich eines Nachmittags am Schaufenster von Joey's Bookshop vorbeikam, sah mir daraus von einem überlebensgroßen Plakat ein Gesicht entgegen, von dem ich mich nicht losreißen konnte. Es war das Gesicht eines jungen, pausbäckigen Mädchens, das mir vertraut vorkam, obwohl ich wusste, dass es mir nie begegnet war. Es machte mich neugierig, und meine Neugier zog mich in das Geschäft, an dem ich schon unzählige Male vorbeigegangen war, ohne auch nur den Kopf zu wenden.

Zum ersten Mal in meinem Leben betrat ich einen Raum voller Bücher. Zu Hause gab es die Bibel, die Chronik Amerikas und eine tiermedizinische Abhandlung mit detailgetreuen Zeichnungen der Organe von Rindern. Das waren bis auf die Fibeln, die man in der Schule an uns verteilt hatte, die einzigen Bücher, die ich gelesen hatte. Hier waren die Regale vom Boden bis zur Decke mit bunten Buchrücken bestückt, und es roch intensiv nach Papier, Leder und Druckerschwärze.

Ich ging zur Ladentheke. Der Verkäufer, von dem ich annahm, dass es Joey war, saß so tief in sein Buch versunken, dass er mich nicht bemerkte. *Das Herz ist ein einsamer Jäger* las ich auf dem Umschlag, wie zuvor auf dem Plakat im Schaufenster. Ich räusperte mich. Joey reagierte nicht. Er blätterte um, und sein Blick hastete gierig über die letzten Seiten. Minuten vergingen. Dann klappte er das Buch zu, nickte und strich mit der Hand darüber, bevor er zu mir aufblickte. Er lächelte mich an, als sei ich ein alter Freund. Verlegen nahm ich meinen Hut ab und erwiderte sein Lächeln.

»Willst du das?«, fragte er mich und hielt mir das Buch entgegen.

Ich zuckte mit den Schultern.

»Ich schenke es dir«, sagte er, griff unter den Ladentisch und wickelte es in blaues Papier. »Aber versprich mir, dass du es weiterschenkst, sobald du's gelesen hast.«

Schon am Abend hatte ich das blaue Paket in der Innentasche meiner Jacke vergessen.

»Und?«, flüsterte Pete. »Was macht sie jetzt?« Seine Stimme klang gepresst, weil ich auf seinen Schultern stand und mit den Waden seinen Kopf umklammerte. In der einen Hand hielt ich den Ast einer Krüppelzeder, in der anderen Petes alten Feldstecher und starrte über die dunstige Wiese der Clintons hinweg auf ein erleuchtetes Fenster. Die Dämmerung senkte sich über die friedlich weidenden Pferde. Hinter dem Fenster gab es nichts weiter zu sehen als Maggie O'Hara, das rothaarige Nachbarmädchen, das wir schon beinahe unser ganzes Leben lang kannten. Sie hatte von klein an mit den Pferden der Clintons geholfen, sie ging mit uns in die Schule, sie war eigentlich immer irgendwie dabei gewesen. Was nicht hieß, dass Pete und ich das dürre, sommersprossige Ding je besonders zur Kenntnis genommen hätten. Doch nach diesem Sommer hatte sich das schlagartig geändert. Denn scheinbar urplötzlich, nachdem sie von ihren Ferien bei einer Tante in Chicago zurückgekehrt war, hatte sich Maggie in eine rätselhafte Schönheit verwandelt, faszinierend und unnahbar.

»Immer noch das Gleiche«, erwiderte ich und bemühte mich um einen gelangweilten Tonfall.

»Sie sitzt immer noch am Tisch?«

»Ja.«

»Mit ihren Büchern?«, hakte Pete nach.

»Herrgott, ja!«

»Tauschen jetzt.« Pete wackelte mit den Schultern.

»Gleich.« Ich ließ mich nicht abschütteln. »Warte.«

Maggies Scheitel leuchtete im Licht der Arbeitslampe, während sie sich wieder und wieder dieselbe Haarsträhne um den Zeigefinger wickelte. Jetzt blätterte sie um, ihr blasses Gesicht hob sich und schien in meine Richtung zu blicken. Ich hörte mein Herz schlagen.

Petes Geduld war am Ende. Er schüttelte sich so heftig, dass ihm die lederne Fliegerkappe übers Gesicht rutschte. Ich fiel auf die Füße. Pete ruckte die Kappe zurecht. Er trug das Ding jetzt Tag und Nacht. »Lass doch mal Luft an deinen Kopf!«, ermahnte ihn Mrs Clinton immer wieder vergeblich. »Dir werden noch die Haare ausfallen.« Aber ihr Sohn hatte nun einmal einen Schwur geleistet: Die Mütze musste auf seinem Kopf bleiben. Bis sein Traum vom Fliegen, vor einem Monat bei einer Flugshow der Airforce erwacht, kein Traum mehr wäre. Bis er mit ebendieser Mütze, die ihm ein junger Pilot am

Rande des Rollfeldes geschenkt hatte, zum ersten Mal in einem leibhaftigen Flugzeug vom Boden abgehoben haben würde. Ich zweifelte keine Sekunde daran. Pete bekam immer, was er wollte.

Er drückte mich in die Hocke und stieg auf meine Schultern. Ächzend stemmte ich mich auf. Ich war in diesem Sommer zwar ein ordentliches Stück gewachsen, aber Pete noch mehr, einen halben Kopf war er an mir vorbeigeschossen. Auch um die Schultern hatte er zugelegt und wog jetzt bestimmt einiges mehr als ich. Schwer und unbeweglich stierte er durch den Feldstecher, meine ungeduldigen Fragen ebenso einsilbig beantwortend, wie ich es Augenblicke zuvor getan hatte. Maggie konnte inzwischen aufgestanden sein und damit begonnen haben, sich das Haar zu kämmen oder sich sogar umzuziehen, Pete würde keinen Mucks machen, er würde das Bild genauso für sich selbst haben wollen wie ich an seiner Stelle.

Dabei hatten wir unser ganzes bisheriges Leben lang alles geteilt.

Unsere Kindheit hatten wir damit verbracht, mit unseren Pferden durch die Prärie zu preschen, in von Hufen aufgewirbelte Staubwolken gehüllt. In trockenen Sommern donnerte der rissige Boden unter uns, über uns erstreckte sich blaue, wolkenlose Weite, und unsere Zähne blitzten weiß aus unseren braun gebrannten Gesichtern. In den ausgetrockneten Flussbetten machten wir Jagd auf Klapperschlangen, schlugen ihnen die Köpfe ab und trockneten die Häute in der Sonne. In fruchtbaren Jahren brachen heftige Regenfälle auf uns herab und verwandelten das Land in ein wogendes grünes Meer. Bis zu den Knien standen wir im Fluss und schürften nach Gold, von dem wir hin und wieder staubkorngroße Splitter fanden. Wir stellten Kaninchenfallen auf und verkauften unsere Beute in der Stadt, bis unsere Hosentaschen prallvoll mit Münzen waren. Das Leben war eine Reihe ewig neuer Abenteuer. Und waren einmal keine Abenteuer in Sicht, dann erfanden wir sie eben. Endlose Geschichten erzählten wir uns gegenseitig, in denen es immer zwei Helden gab: der eine stark und mutig, der andere klug und umsichtig. Zusammen waren sie unschlagbar. So wie wir beide. Davon waren wir überzeugt. Genauso, wie wir meinten, dass nichts und niemand uns jemals trennen könnte.

Und dann war es einfach nur ein Mädchen.

Plötzlich fanden wir uns übereinander auf den Buckel des anderen getürmt in der Abenddämmerung mit dem Fernglas an einem Gatter stehen und uns zum Affen machen. Plötzlich starrten wir auf das Schlafzimmer eines Mädchens, mit dem wir aufgewachsen waren wie mit einer Schwester, das uns all die Jahre nicht die Bohne interessiert hatte und das wir um nichts in unsere Abenteuerwelt mit aufgenommen hätten. Und doch hatte es nicht mehr gebraucht, als dass sich unter der Bluse dieses Mädchens plötzlich zarte Wölbungen abzeichneten, dass ihr Haar und ihre Augen einen eigenartig betörenden Glanz angenommen hatten, und die großartigste Freundschaft und heiligste Blutsbrüderschaft geriet ins Wanken.

Schmerzhaft drückten sich Petes Stiefel in meine

Schultern. Er rührte sich nicht einen Millimeter und gab keinen Ton von sich. Es reichte mir. Ohne Vorwarnung beugte ich mich nach vorne und ließ ihn herunterfallen.

»Hey!«, beschwerte er sich. »Spinnst du?«

»Es ist genug jetzt«, gab ich zurück. »Lass uns aufbrechen.«

Pete maulte, gab aber nach und folgte mir auf die Weide. Wir schoben das Gatter auf und führten die Pferde in den Stall. Schweigend füllten wir die Wassertröge, gingen zum Haus und setzten uns auf die Verandatreppe, um dort wie jeden Abend die Nacht über uns hereinbrechen zu lassen. Mit dem Tabak, den wir einem der Ranchhelfer gestohlen hatten und den wir in einem Beutel aus Schlangenleder unter den Stufen aufbewahrten, drehten wir uns jeder eine Zigarette. Pete gab mir Feuer, und als das brennende Streichholz sein Gesicht beleuchtete, sah ich eine steile Falte zwischen seinen Augenbrauen, die mir zuvor noch nie aufgefallen war. Die allabendliche Zigarette war normalerweise ein genussvolles Ritual, mit dem wir einen weiteren gemeinsam verbrachten Tag ausklingen ließen. Aber heute saßen wir auf den Stufen, rauchten wortlos, und der leichte Schwindel, den der Tabak in meinem Kopf hervorrief, hatte etwas Unbehagliches.

»Also dann …«, sagte ich, als ich die Kippe mit dem Stiefel ausgetreten hatte.

»Also dann«, erwiderte Luke.

Ich schlenderte nach Hause und aß die Suppe, die Mum mir hinstellte, ohne etwas zu schmecken. Dann ging ich ins Bett und starrte in die Dunkelheit, in der mich Maggies Gesicht erwartete.

Pete und ich waren zu Rivalen geworden, und wir hatten keine Ahnung, wie wir damit umgehen sollten. Ich musste immerzu an Maggie denken, Pete ging es nicht anders, und da wir weder das Verlangen hatten, uns zu diesem Thema auszutauschen, noch über irgendetwas anderes reden wollten, gingen uns zum ersten Mal in unserem Leben die Gesprächsthemen aus. Wir verzichteten auf die abendlichen Zigaretten, und auch andere gemeinsame Gewohnheiten nahmen wir, nachdem wir einmal damit gebrochen hatten, nicht wieder auf. In unvorstellbarem Tempo entfremdeten wir uns voneinander. Als ich Pete eines Nachmittags in einiger Entfernung vom Haus vorbeireiten sah und keine Lust verspürte, ihn zu rufen oder zu ihm zu laufen, empfand ich in mir eine entsetzliche Leere. Mir war, als hätte ich mich selbst verloren. Und es gab nichts, was diesen Verlust ersetzte, denn ich schaffte es auch nicht, Maggie näherzukommen. Wann immer ich sie zufällig traf, bekam ich einen heißen Kopf und wurde von einer Schüchternheit überfallen, die gnadenlos an meiner Selbstachtung fraß und für die ich mich hasste. Ich wusste nicht mehr, wer ich war und ob ich überhaupt noch war. Ich hatte das Gefühl, innerlich auseinanderzufliegen.

Eines Nachmittags machte ich einen Abstecher über das Anwesen der Clintons, wo der Schlangenlederbeutel mit dem Tabak immer noch unter den Verandastufen wartete. Kurz überlegte ich, ob ich ihn mitnehmen sollte – schließlich gehörte er zur Hälfte mir –, aber dann drehte ich mir nur zwei Zigaretten und legte den Beutel zurück an seinen Platz. Auf Höhe der Ställe hörte ich ein Geräusch, das mich innehalten ließ. Ich blickte mich um, und da weit und breit niemand zu sehen war, schlich ich mich an die Stallwand und spähte durch ein Astloch hinein. Ich sah Pete. Er stand mit dem Rücken zu mir, ohne Fliegerkappe, es war das erste Mal seit Monaten, dass ich sein schwarzes Haar sah. Er hatte es schneiden lassen, und es glänzte in den Streifen aus Sonnenlicht, die durch die Bretterwand sickerten. Er sprach zu jemandem, den er mit seinen breiten Schultern verdeckte. Dann lehnte er sich zur Seite und stützte sich mit einem Arm gegen die Tür des Pferdeverschlags. Mein Blick fiel auf Maggies Gesicht. Ruhig lächelnd sah sie zu ihm auf. Pete murmelte etwas, und Maggie stieß einen Laut aus, der ein Lachen andeutete, es war derselbe Laut, der mich vom Hof angelockt hatte. Die beiden sahen sich schweigend an, und einen Augenblick lang war es so still, dass man den Atem der Pferde hören konnte. Dann streckte Pete langsam die Hand aus und löste Maggies Haarspange. Ihre kupferrote Mähne fiel über ihre Schultern und leuchtete auf. Luke nahm ihr Gesicht zwischen seine Hände, und Maggie schloss die Augen.

Ich rang nach Luft und stolperte davon.

Als ich mich Minuten später in meinem Zimmer fand, wusste ich nicht mehr, wie ich dorthin gekommen war. Ich rauchte beide Zigaretten hintereinander weg und fiel aufs Bett. Die Wände des Zimmers neigten sich mir entgegen, mir wurde schwindlig, und ich suchte fieberhaft nach etwas, woran ich mich festhalten konnte. Meine Hände flatterten über meine Brust und berührten *Das Herz ist ein einsamer Jäger*, das seit Tagen in der Innentasche meiner Jacke steckte, ohne dass ich ihm meine Aufmerksamkeit geschenkt hätte. Ich wickelte es aus dem blauen Papier, in das Joey es verpackt hatte. Dabei kam mir das Gesicht der jungen Schriftstellerin von dem Plakat in den Sinn, und diesem Gesicht, diesen großen fragenden Augen, die genau auf mich gerichtet zu sein schienen, gelang es tatsächlich, das Bild von Luke und Maggie zu verdrängen.

Ich schlug das Buch auf und las den ersten Satz. *Es gab in der Stadt zwei Taubstumme, die man stets beisammen sah.*

Obwohl ich ein ungeübter Leser war, las ich das Buch in einem Zuge. Ich versank darin. Den Worten, Sätzen und Seiten entsprang eine Welt. Nicht irgendeine Welt, nein, es war *meine* Welt. Es gab mich doch. Hier stand es schwarz auf weiß. Andere empfanden genauso wie ich. Und es gab eine Sprache dafür.

Ich las das *Herz* viele Male. Dann las ich andere Bücher, alle, die mir Joey empfahl. Ich floh in die Bücher und kam aus dem Staunen nicht mehr heraus. Mein Schmerz wurde dadurch nicht geringer. Was mich rettete, war vielmehr, dass ich ihn nicht stumpf aushalten musste wie ein Kalb, dem das Brandeisen in die Flanke gepresst wird. Tagelang blieb ich in meinem Zimmer und versuchte, aus dem, was ich spürte, einen klaren Gedanken zu gewinnen. Und plötzlich begann ich, selber etwas zu Papier zu bringen. Es war, als hätte mir die Sprache zugerufen. Ich schwor, diesem Ruf zu folgen. Es war klar, dass ich Littleville verlassen musste. Besser heute als morgen. Ich würde damit nicht warten, bis ich ein weiteres Mal dem Anblick von Pete und Maggie ausgesetzt sein würde. Ich war gerettet.

New York, März 1942

Kurz nach ihrer Rückkehr nach New York musste Carson beim Besuch ihrer Bank erfahren, dass das kleine Vermögen, das sie mit dem *Herz* verdient hatte, aufgebraucht war. Aufgebraucht? Sie hatte doch kaum etwas ausgegeben. Wo war das ganze Geld bloß hin? Sie brauchte nicht lange zu forschen, bis sie herausfand, dass Reeves während ihres Aufenthalts in Columbus eines ihrer Scheckbücher an sich genommen, ihre Unterschrift gefälscht und das Geld sinnlos verprasst hatte. Reeves! Carson konnte kaum atmen, als sie das Ausmaß des Betrugs begriff. Warum hatte er das getan? Damit sie es endlich, endlich über sich brachte, die Scheidung einzureichen? Carson ging zum Anwalt, und Wochen später waren sie geschiedene Menschen.

Bald darauf musste sie auch einsehen, dass sie in ihrer heiß geliebten Middagh Street mit der Arbeit einfach nicht vorankam. Zwar trat *Frankie,* die Protagonistin ihres neuen Buches, jedes Mal, wenn sich Carson in ihrem grünen Paradies vor die Schreibmaschine setzte, greifbar und lebendig vor ihr inneres Auge: ein unscheinbares, burschikoses Ding, das störrisch nach Aufmerksamkeit verlangte. Das Mädchen war bis in die letzte Faser ihres Körpers von Sehnsucht erfüllt. Es fühlte sich nichts und niemandem zugehörig, in diesem schwülen Sommer, in dem es dreizehn Jahre alt wurde. Carson sah, wie die Einsamkeit das Mädchen umhüllte und ihren Verstand umnebelte. Aber dabei blieb es. So konnte es nicht weitergehen. Sie begriff, dass das Mädchen sich verlieben musste. Natürlich. Sich völlig unmöglich verlieben musste. Aber in wen? Carson wusste es nicht. Die Verliebtheit musste so verdreht sein wie das Mädchen selbst. Doch die Erleuchtung ließ auf sich warten. Nichts als Details und Bildsplitter. Eine schwarze Köchin mit einem schwarzen Auge und einem blauen Glasauge. Ein kleiner, kurzsichtiger Junge, der die Wände der Küche mit seinen Kinderzeichnungen bemalt. Tag für Tag. Frankie, die Köchin und der Junge an einem mit Wachstuch bedeckten Küchentisch, einen heißen stagnierenden Sommer lang. Nichts als Sehnsucht, der Enge zu entkommen. Lauter Bilder der Sehnsucht auf der Suche nach ihrer Geschichte.

Als Carson eine Einladung in die Künstlerkolonie Yaddo bekam, musste sie nicht lange überlegen. George Davis sah sie mit einem tiefmelancholischen Blick an, als sie ihm mitteilte, dass das grüne Paradies von nun an neu zu vermieten sei, und Carson umarmte ihn so fest, dass ihnen beiden die Tränen in die Augen sprangen. Wenige Tage später reiste sie nach Saratoga Springs.

Yaddo, September 1942

Noch nie hatte sie an einem Ort gelebt, an dem sie sich so unterstützt und in ihrem Schaffen so verstanden gefühlt hatte. Die Leiterin der Kolonie, Elisabeth Ames, wachte mit gebührender Strenge darüber, dass jeder einzelne der Stipendiaten nach dem gemeinsamen Frühstück mit einem Lunchpaket ausgestattet wurde und damit bis zum Abend in seinem Zimmer verschwand.

Die von Arbeitsatmosphäre gesättigte, ungestörte Ruhe brachte Bewegung in Carsons Arbeit. Endlich wusste sie, in wen Frankie sich verliebte, nein, in was, denn das war ja gerade das Verrückte: Frankie verliebte sich in eine Hochzeit. Ihr Bruder Jarvis würde in ein paar Tagen seine hübsche Braut heiraten. Und Frankie hatte einen Plan: Sie würde nicht nur die Brautjungfer sein, nein, sie würde bei dem Paar bleiben, mit den beiden auf Hochzeitsreise gehen, in fremde Länder, sie drei immer zusammen, immer. Sie *wusste*, dass es so sein würde. Diese Liebe war nicht lächerlich, wie die schwarze Köchin Berenice behauptete, nein, sie war groß, groß! Und dann … Dann trat das Paar seine Hochzeitsreise alleine an, und Frankie würde das Scheppern der Blechdosen, als sie dem Wagen hinterhersah, nie vergessen.

Es gab eine Zeit, noch gestern, da hatte sie gefühlt, dass jeder Mensch, den sie sah, irgendwie mit ihr verbunden war und sie erkannte. Carsons Finger flogen über die Tasten, Frankies unvermeidlichem Schicksal entgegen. Am Ende war die Welt weit weg, und in den Augen der anderen fand Frankie nur noch ihr einsames Spiegelbild.

Carson war erschöpft, aber glücklich. Als sie nach drei Monaten zum ersten Mal bewusst von ihrem Mahagonischreibtisch aufsah, waren die Blumen in dem italienischen Park vor ihrem Fenster verblüht und die alten Bäume mit Rot und Gelb betupft. Ein paar verfrühte Schneeflocken fielen aus den dunklen Wolken auf die weiten Rasenflächen.

Als es klopfte, schreckte sie auf. Der Hausdiener reichte ihr ein Telegramm. Es war von Klaus Mann. Was konnte ihr Klaus so Wichtiges mitzuteilen haben, dass er ihr ein Telegramm nach Yaddo schickte? Carson brach es auf und starrte auf die blasslila Buchstaben. *Annemarie ist tot.* Carson verstand nicht. Annemarie konnte nicht tot sein. Zwar hatte sie sie nicht mehr gesehen, seit sie Amerika verlassen hatte, viel zu lange hatte sie es ohne Nachricht von ihr aushalten müssen. Aber vor ein paar Monaten hatten sie den Briefwechsel wieder aufgenommen, lange zärtliche Briefe, in denen sie sich näher waren als je zuvor. Annemarie war durch den Kongo gereist und hatte all ihre Eindrücke mit Carson geteilt. Dann hatte sie sich in der Schweiz niedergelassen, in einem Bauernhaus in den Bergen. Daraufhin hatten sich die Briefe verändert, man merkte ihnen an, dass Annemarie zur Ruhe gekommen war. Sie schrieb gelassen und liebevoll. Doch dann, laut Klaus war das jetzt sieben Wochen her, war das Unvorstellbare geschehen.

Carson legte die Stirn auf den Tisch, sie schloss die Augen und sah es deutlich vor sich: Annemarie tritt vor ihr Haus. Es ist ein sonniger Morgen, und sie atmet die frische Bergluft. Sie holt das Fahrrad aus dem Schuppen, um nach Silvaplana zu fahren und dort mit ihrer Unterschrift den Kauf des Hauses zu besiegeln. Der Wald fliegt an ihr vorbei, während sie den Pass hinabsaust. Annemarie löst die Hände vom Lenker, um sie übermütig in die Luft zu werfen. Sie übersieht den Stein. Sie fällt und bleibt liegen. Fünf Wochen später ist sie tot.

»Annemarie ist tot«, flüsterte Carson in die Stille ihres Zimmers in Yaddo. Wie konnte das sein?

Tagelang starrte sie in die Luft, ohne etwas zu sehen. Elisabeth Ames ließ der trauernden Schriftstellerin das Essen aufs Zimmer bringen, das der Hausdiener ein ums andere Mal unberührt wieder davontrug. Doch dann erinnerte sie sich an den Satz, den Annemarie immer wieder wie eine Beschwörungsformel ans Ende ihrer Briefe gesetzt hatte. *PS: Und vergiss nicht zu arbeiten, mein Liebling. Die Arbeit ist das Wichtigste.*

Also löste sich Carson aus der Lähmung und begann weiterzuarbeiten. Im Schreiben konnte sie ihre Liebe *nach besten Kräften in sich beherbergen*. Wieder war es so weit, dass sie sich eine Welt in ihrem Innern aufbauen musste, *eine starke und eigentümliche Welt, die an sich selbst genug* hatte.

Die Welt außerhalb ihres Kopfes hatte sich inzwischen weitergedreht. Amerika war längst in den Krieg verwickelt und rekrutierte seine jungen Männer. Für Reeves, der nach der Scheidung – ohne Mittel und ohne Aussichten – in seinem schäbigen Appartement in tiefe Depressionen gefallen war und fast nicht mehr herausgefunden hätte, erwies sich der Krieg als Silberstreifen am düsteren Horizont. Er ging zurück zur Armee und machte sein Offizierspatent. Mit aller Kraft, die sich so lange in ihm angestaut hatte, gab er sich dem aufflammenden Patriotismus hin, der Aufgabe, das Böse zu vernichten.

Er war wie erlöst. Die Disziplin, das Training und die Verantwortung für seine Einheit der Rangers, die man bald nach der Ausbildung in England stationieren würde, stärkten sein Selbstbewusstsein. Er hatte ein Ziel und eine Aufgabe. Er fühlte sich endlich wieder wie ein Mann. Die Wertschätzung, die man seiner Person nun plötzlich entgegenbrachte, die Wichtigkeit, die Männern wie ihm in Zeiten wie diesen beigemessen wurde, ermutigten ihn, den Kontakt zu Carson wieder aufzunehmen.

Die Einsamkeit und Liebesbedürftigkeit, die sich nach Annemaries Tod in ihr eingenistet hatten, machten sie anfällig für seine Annäherungsversuche. Sie wollte Reeves nichts mehr nachtragen. Was sprach schon dagegen, dass sie ihn im Militärcamp besuchte?

Sie fand ihn völlig verändert. Charmant und gut aussehend wie in ihren besten gemeinsamen Jahren. Er strahlte Charakterstärke aus. Die Gemeinheit und das Selbstmitleid, alles, was sie von ihm fortgestoßen hatte, schienen ihr nur noch wie ein schlechter Traum.

Reeves' Rangers gehörten zu den Einheiten, die als Erstes in der Normandie landeten. Die Briefe an »sein Mädchen zu Hause« waren zärtlich und tapfer. Beiläufig berichtete er von den Orden, die man ihm auf die Brust heftete, weil er sein Kommando unter größtem persönlichem Einsatz von Erfolg zu Erfolg führte. Carson war stolz, dass man ihn ehrte. Es dauerte nicht lange, und sie fand sich als »Kriegsbraut« wieder, eine Rolle, die sie begeisterte. Sie bangte um Reeves, wie Millionen Frauen um ihre Männer bangten, und es erfüllte sie, Teil eines so großen schicksalhaften Ganzen zu sein. Sie wähnte Reeves ständig in Todesgefahr. Als er verletzt wurde, konnte sie wochenlang nicht schlafen.

Der Sorge um sein Wohl entsprang eine neue zarte Liebe, die von Brief zu Brief anwuchs. Bald schworen sie sich ewige Liebe und Treue, eine erneute Heirat, wenn er nur den Krieg überlebte. Reeves kehrte zurück. Am 19. März 1945, zwei Jahre nach ihrer Scheidung, lösten sie auf dem Standesamt von New City, New York, ihren Schwur ein.

Die Kriegsbraut und der tapfere Soldat: Nach dem Krieg waren sie dieselbe Frau und derselbe Mann wie zuvor. Carson dachte immer nur ans Schreiben. Und als die Zeit den Glanz des Kriegshelden Reeves wieder abgewaschen hatte, blieb ein Zivilist zurück, der weniger denn je in der Lage war, eine Richtung einzuschlagen.

Um es irgendwie miteinander auszuhalten, gingen sie nach Paris. Hier, in dem Land, für dessen Befreiung er sein Leben riskiert hatte, wurde Reeves ebenso ehrenvoll empfangen wie seine Schriftsteller-Frau, deren Bücher gerade den Kontinent eroberten. Sie bezogen eine Suite mit Blick auf die Seine und genossen ein paar Wochen lang ihre Rolle als glanzvolles Paar, das man in höchster Gesellschaft herumreichte. Dann erlosch das Interesse an Reeves' Heldentaten. Während Carson erst richtig aufblühte und sich ständig mit neuen Schriftstellern befreundete, fühlte er sich in Gesellschaft immer unwohler.

Er konnte es nicht glauben. Nach allem, was er im Schützengraben ausgestanden und geleistet hatte, saß er wieder in der Rolle des Ehemanns fest. Er trank mehr denn je, und als Carson sah, wie sich sein Gesicht veränderte, erfasste sie ein solches Grauen, dass auch sie immer öfter zur Flasche griff. Keiner hätte zu sagen vermocht, wer von den beiden mehr trank. Oder wer dabei schneller verfiel.

Eines Morgens wachte Carson mit einem Blick auf,

der sie nur noch einen kreisrunden Ausschnitt am Ende eines Tunnels sehen ließ. Der Tunnel selbst war schwarz wie die Nacht.

»Reeves«, rief sie ins andere Zimmer. Sie merkte, wie verzerrt ihre Stimme klang, war aber froh, sich überhaupt bemerkbar machen zu können. Reeves, der gegen Morgen auf dem Sofa zusammengeklappt war, antwortete mit einem Grunzen.

Carson stemmte sich aus dem Bett und humpelte zu ihm. Sie hob seinen Arm, der schwer wieder herabfiel. Schweiß brach ihr aus, und sie wusste plötzlich nicht mehr, wie sie hierhergekommen war. Langsam zog sie sich an, verließ mit beiden Armen um sich tastend das Appartement und nahm ein Taxi. Der Fahrer entschied sich für das Amerikanische Krankenhaus.

Der Arzt ließ einen Ring an einer Kette vor ihrem Gesicht pendeln. »Sehen Sie das?«

Sie schüttelte den Kopf.

»Und dies?« Er machte eine Handbewegung ins Schwarze.

Carson schloss die Augen. Sie kannte das. Noch bevor der Arzt es ihr bestätigte, wusste sie, dass sie einen zweiten Schlaganfall gehabt hatte. Sie hatte immer geglaubt, dass der Anfall, den sie mit vierundzwanzig Jahren erlitten hatte, eine einmalige Angelegenheit war. In ihrem Alter hatte man einfach keine Schlaganfälle. Sechs Jahre war das jetzt her. Und nun dies.

Noch bevor sie sich mit dem zweiten abfinden konnte, folgte wenige Tage später der dritte Anfall. Es sollte ihr schwerster sein. Er lähmte ihre linke Seite und Teile ihres Gehirns. Diesmal auf Dauer. Nach Wochen im

Amerikanischen Krankenhaus von Paris flog man sie nach New York.

Marguerite, die nach Lamars Tod ein Haus in Nyack, New York, gekauft hatte, kam, um ihre Tochter vom Flughafen abzuholen. Auf einer Trage wurde sie aus dem Flugzeug gebracht. Marguerite weinte und bedeckte Carsons Gesicht, dessen eine Hälfte schlaff und ausdruckslos war, mit Küssen. Eine zweite Trage kam aus dem Bauch des Flugzeugs. Als Marguerite ihren Schwiegersohn darauf festgeschnallt fand, griff sie sich ans Herz.

»Was ist mit ihm?«, flüsterte sie Carson ins Ohr.

Carson bewegte die Zunge im Mund und stieß unverständliche Laute aus.

»Delirium tremens«, erklärte ein Sanitäter mit kalter Stimme, als er den schweißüberströmten Reeves vorübertrug. »Er wird's schon überleben.«

Carson verbrachte noch viele Wochen in verschiedenen Krankenhäusern. Sie ertrug Schmerzen und Angst. Mühsam machte sie kleinste Fortschritte.

»Wir lassen uns nicht unterkriegen, Liebling«, sagte Reeves, als Carson vier Monate später nach Hause entlassen wurde. Vollständig wiederhergestellt und frisch rasiert saß er neben ihrem Bett und streichelte die taube Hand. »Du kannst mir glauben, ich rühre keinen Tropfen mehr an. Wir kriegen das hin.«

Carson wusste nicht mehr, was »wir« bedeutete. Aber sie war zu schwach, um ihm nicht glauben zu wollen. Sie kämpfte um Worte, um Verstehen, um Überleben. Als sie den Kampf endlich gewonnen hatte, verlangte sie nach ihrer Schreibmaschine.

New York, Mai 1950

Carson war dreiunddreißig Jahre alt, als wir einander auf der New Yorker Penthouse-Terrasse unseres Verlegers vorgestellt wurden. Ich konnte kaum glauben, dass sie leibhaftig vor mir stand. Lächelnd reichte sie mir ihre rechte Hand, während die linke um den silbernen Griff eines Ebenholzstockes lag. »Damit habe ich vor Jahren meinen Daddy zum Geburtstag überrascht.« Sie artikulierte sich träge, als schleifte der Gedanke ihre Stimme nach wie einen aufgelösten Mantelsaum. »Nach seinem Tod ging der Stock an seinen Bruder, und genau jetzt, da ich ihn brauche, ist er zu mir zurückgekommen. Ist das Leben nicht wunderbar?«

Oh doch, das war es. Unter uns leuchteten die Lichter Manhattans, und die Mainacht war so klar, dass sich sogar ein seltener Sternenhimmel über uns wölbte. Während sich hier, zwischen Himmel und Erde, ein Stern und eine Sternschnuppe berührten. Nein, an diesem Abend schreckte ich vor solchen Vergleichen nicht zurück. Carson McCullers war ein Fixstern, die Bühnenfassung von *Frankie* eroberte den Broadway gerade im Sturm, und ich, Ben Jackson, den sie vor zehn Jahren mit dem *Herz* aus dem Klammergriff der Verzweiflung gerettet hatte, war auf dem Weg in dieselbe Umlaufbahn.

»Fast wie zu Hause«, seufzte sie, legte den Kopf in den Nacken und ließ ihn einige Sekunden dort liegen, bevor sie mir wieder in die Augen sah. »Wo ist Ihr Zuhause, junger Freund?«

Ich räusperte mich und straffte die Schultern in dem geliehenen Smoking. Seit meinem Abschied von Littleville hatte ich die unterschiedlichsten Quartiere im ganzen Land bezogen, hatte bei Freunden auf dem Küchensofa geschlafen, in Studentenwohnheimen, in Pensionen und Untermietzimmern alter Damen. Auch die eine oder andere Nacht unter freiem Himmel hatte ich verbracht. Im Augenblick wohnte ich bei Maggie. Ja, Maggie. Wir waren ein Paar geworden, und ich hoffte, mir bald eine größere Wohnung leisten zu können, in der wir endlich einen gemeinsamen Hausstand gründen konnten. Carson hatte mir eine einfache Frage gestellt, aber es fiel mir schwer, sie zu beantworten.

»Nun, zu Hause bin ich eigentlich nur in der Literatur«, sagte ich schließlich. Ich war dreiundzwanzig und brachte diesen Satz deshalb über die Lippen, weil sich mein Erstling in jenen Wochen so gut verkaufte, dass mir bei all den Interviews und all dem Schulterklopfen der gesunde Menschenverstand abhandengekommen war.

»Li-te-ra-tur?« Carson lachte ihr schepperndes raues Lachen. Das Wort schien sie ungemein zu erheitern. Obwohl ich mir nicht sicher war, ob sie mich auslachte, musste ich einfach mitlachen.

»Klingt nach … Texas, habe ich recht?«, sagte sie, als sie sich wieder beruhigt hatte. Mit spitzen Lippen leerte sie ihr Glas, zog an ihrer Zigarette und kniff die Augen zusammen. »Ich liebe den Akzent. Und Sie haben wunderschöne blaue Augen, Ken.«

»Ben.«

»Ben, natürlich, ich bitte um Entschuldigung. Ja gerne, danke.« Sie nahm einen neuen High Ball von einem vorbeischwebenden Tablett. »Ich habe von Ihrem Roman gehört. *Blindflug*, nicht wahr?«

Ich nickte mehrmals beglückt.

»Die Leute kaufen Ihre Bücher, die Zeitungen loben Ihr Talent.« Ihr Lächeln verwandelte sich in einen langen, prüfenden Blick, dem ich nicht standhielt, ich errötete und ließ den Blick auf meine Schuhspitzen fallen, bevor ich wieder in ihre grauen Augen sehen konnte. Maggie, die mich von der Bar aus beobachtete, behauptete später sogar, dass ich jede ihrer Gesten unbewusst nachgeahmt und mit den Füßen gescharrt hätte wie ein Zirkuspferd.

Tatsächlich gelang es mir nur mit Mühe, mich von diesen Augen loszureißen, denn sie wurden immer forschender, es war, als untersuchten sie jeden Zentimeter an mir. Doch bevor es für mich allzu verwirrend werden konnte, schlich sich Tennessee Williams von hinten an Carson heran und legte ihr die Hände über die Augen.

»Ten!«, kreischte sie und wirbelte herum.

Wir kamen nicht mehr dazu, uns zu verabschieden.

Danach habe ich sie einige Jahre nicht mehr gesehen, harte Jahre für Carson. Dabei hätte alles gut sein können. Sie war von Scharen von Freunden umgeben, eine Auszeichnung folgte auf die andere, und erstmals verdiente sie so viel Geld, dass sie sich keine Sorgen mehr machen musste.

Aber sie war nicht mehr gesund. Und außerdem war da immer noch ihr Ehemann. Sie stritten sich. Sie trennten sich. Sie versöhnten sich. Vergeblich versuchten sie, die

Spannungen mit Alkohol zu betäuben, mit Reisen zu Freunden und nach Europa. Und dann beschlossen sie, einen alten Traum, den sie in all den Jahren immer wieder hatten aufleben lassen, nicht länger vor sich herzuschieben.

Bachvillers, 1953

Nicht immer ist das alte Pfarrhaus im Besitz von Amerikanern gewesen. Jahrhundertelang gehörte es der Kirche, und wann immer ein Curé unter Glockengeleit hinausgetragen wurde, zog kurz darauf der nächste ein. Doch irgendwann kam man im Dorf auch ohne Curé aus. Das Haus stand lange leer.

Es musste erst ein Arzt vom Amerikanischen Krankenhaus in Paris kommen, um es zu kaufen und sich an die Instandsetzung zu machen. Nun, acht Jahre nach dem Krieg, war es das einzige Haus in der ganzen Gegend, das mit einer Zentralheizung beheizt werden konnte.

Von außen aber war es immer noch das alte, graue Steinhaus mit dem Schieferdach und den Bleiglasfenstern, das die Einheimischen an Rheuma und Albträume denken ließ, bei Fremden hingegen die Fantasie anregte und Sehnsüchte weckte.

Den jetzigen Bewohnern war es nicht anders gegangen. Es waren wieder Amerikaner, sie schwärmten von Stendhal und bekräftigen ein ums andere Mal, dass die Ancienne Présbytère genau das wäre, was sie gesucht hätten. Den Arzt quälte ohnehin schon seit Langem das Heimweh, und so wechselte das Haus den Besitzer.

Es war Frühling, der Obstgarten duftete nach Kirsch- und Birnenblüten, und die zart begrünten Zweige der Walnussbäume strichen im Wind. Die Schlüsselblumen auf der Wiese leuchteten mit dem Himmel um die Wette und mit den blauen Augen des blonden Amerikaners. Strahlend führte er seine Frau durch das blühende Paradies. Der Mann war um die vierzig, die Frau etwas jünger, aber ihr Körper war krumm, sie hielt sich an seinem Arm und zog das Bein nach, während sie über das Anwesen streiften.

Der Mann sprach etwas Französisch. »Un rêve«, sagte er zu den Nachbarn. Er sprach davon, wie gut ihm die körperliche Arbeit tun würde, das Haus und den Garten zu bewirtschaften, wie er Holz hacken würde und Zäune ausbessern und Obst einmachen. Die Nachbarn, die fast alle Bauern waren, zuckten mit den Schultern. Als er erzählte, dass er und seine Frau Schriftsteller waren, hoben sie die Augenbrauen. McCullers? Nein, in Bachvillers hatte dieser Namen keinen Klang.

Das Paar kaufte sein Brot beim Bäcker und die Milch beim Bauern nebenan. Sie ließen Weinhändler vorfahren und den Gewölbekeller des Pfarrhauses mit Vorräten füllen. Ansonsten hörte und sah man nicht viel von ihnen.

Carson war von Reeves' Plänen, es doch noch einmal mit dem Schreiben zu versuchen, hocherfreut. Endlich ein Plan, ein Ziel, auf das er zustrebte. Zusammen richteten sie ihm eine Stube in einem der Schuppen ein, wo er ganz für sich sein konnte. Carson erklärte sich sogar bereit, von nun an für das Mittagessen zu sorgen, damit er die Vormittage allein seiner Arbeit widmen konnte. Sie selbst hatte längst mit ihrem nächsten Roman *Uhr ohne Zeiger* begonnen und hackte mit eiserner Disziplin täglich ein paar Zeilen in die Maschine.

Abends machte Reeves Feuer, und sie saßen vor dem gewaltigen Steinkamin, umringt von den Boxerhunden, die sie sich angeschafft hatten. Die Hunde sollten ihr Landleben ebenso vollenden wie der wunderbare Rotwein, von dem sie sich eine Flasche nach der anderen aus dem Keller holten.

Es war friedlich zwischen ihnen. Carson hätte mit Reeves gerne über die Geschichte gesprochen, an der er arbeitete, aber darüber schwieg er sich aus. Immerhin verabschiedete er sich pünktlich wie ein Soldat jeden Morgen zur Arbeit, schloss die Tür seiner Schreibstube hinter sich und tauchte erst mit dem zwölften Glockenschlag wieder daraus hervor.

Obwohl Carson immer schon mit Leidenschaft gegessen hatte, konnte sie bis heute nicht kochen. Es gab nur französische Kochbücher im Haus, die sie nicht lesen konnte, und die Haushälterin der Nachbarn, zu deren Tür sie humpelte, um Rat einzuholen, verstand nicht ein Wort Englisch. Manchmal hatte die Frau Mitleid mit der kränklichen Amerikanerin und brachte ihr einen Topf mit Suppe oder Ragout aus der Küche.

Reeves merkte gar nicht, was Carson ihm vorsetzte, wenn er aus seiner Klause kam. Er sprach auch kaum mit ihr. Sie war ganz bestimmt die Letzte, die nicht Verständnis hätte für diese Art von Geistesabwesenheit, aber …

»Reeves, ist bei dir alles in Ordnung?«, fragte sie ihn eines Mittags, als sein aufgestützter Ellbogen schon zum zweiten Mal über die Tischkante rutschte. Er blickte auf und sah sie wie von weit her an. Seine Augen waren glasig und rot gerändert.

Er machte ein schnaufendes Geräusch und begann die Suppe, die er bisher kaum angerührt hat, mit schnellen Löffelbewegungen in sich hineinzuschaufeln.

»Irgendetwas stimmt nicht mit dir. Rede!«

Er schwieg. Roch er nach Alkohol? Da sie um diese Zeit selber schon ein oder zwei Gläser zu sich genommen hatte, konnte sie es nicht mit Sicherheit sagen. Trank er, wenn er schrieb? Das brauchte er doch nicht zu verheimlichen, so hatte sie selbst es doch von jeher gehalten.

Sie hätte alles getan, um endlich eine Zeile von ihm zu Gesicht zu bekommen.

Nach dem Mittagessen schlief Reeves auf dem Sofa ein. Carson nahm ihren Stock aus der Garderobe. Scharen von Schwalben sammelten sich unter der Dachtraufe, aus dem kalten Himmel rieselte dünner Regen auf ihr Haar, und ihre Schuhe versanken im Schlamm des Pfades, der sich durch den Garten zur Klause schlängelte.

Die Tür war verriegelt, aber sie fand den Schlüssel unter einem Stein. Seit Monaten war sie nicht hier gewesen, sie erwartete Stapel von beschriebenem Papier, die sich in der Zwischenzeit angesammelt haben mussten. Das Klopfen ihres Stocks auf den hohlen Bodendielen hallte in der düsteren Kammer. Auf dem Schreibtisch vor dem Fenster fand sie eine einzige Seite, blütenweiß bis auf ein Wort: *Geheimnis*. Ein fein säuberlich gespitzter Bleistift lag darunter, wie um das Wort zu unterstreichen und es zugleich abzuschließen.

Um das Blatt herum standen und lagen leere Flaschen, Gläser mit klebrigen Resten, an denen sich kleine Fliegen labten, überquellende Aschenbecher. Zerlesene Ausgaben von *Herz, Ballade* und *Frankie* lagen aufgeschlagen dazwischen, zahllose Stellen darin mit Tinte unterstrichen, mit Ausrufe- und Fragezeichen versehen oder geschwärzt. Carson wich zurück und stolperte über einen schweren

Eisenring. Sie stieß den Atem aus, ging in die Knie und griff danach. Unter ihren Händen öffnete sich eine Luke, und aus dem darunterliegenden Dunkel schlug ihr schaler irdener Geruch entgegen. Ihr Herz raste, als sie den Stock beiseitelegte und mit den Füßen voran über die Stiege in die Tiefe tastete. Zu ihrer Überraschung stießen ihre Hände, die zitternd nach Halt suchten, an einen elektrischen Lichtschalter. Sie drehte daran. Eine Glühbirne flackerte auf.

Sie rutschte die letzten Stufen hinunter und fand sich in einem grob in die Erde gehauenen Vorratskeller, in dem sich vom Boden bis zur Decke Kisten mit Flaschen stapelten. Sie nahm ein paar davon in die Hand. Gin, Brandy, Wodka. Carsons Knie begannen zu schlottern. Sie hatte eine Ader gefunden, eine Ader mit reinem tödlichem Stoff. Schlagartig begriff sie, wie lange Reeves schon daran hängen musste.

Lügen – nichts als Lügen. Wie war es möglich, dass sie nicht bemerkt hatte, wie tief er schon gesunken war? Wie verloren er wirklich war. Dass er nicht zu retten war. Ja, dass es nicht einmal etwas gab, das zu retten gewesen wäre.

Sie hievte sich aus der Luke, hinterließ alles, wie sie es vorgefunden hatte, und machte sich auf den Weg zurück ins Haus. Obwohl es erst Ende September war, begann es plötzlich zu schneien. Dicke, nasse Flocken flogen in ihre Augen, und sie bebte vor Kälte. Ihre Knie waren beinahe zu schwach, um sie zu tragen, sie stolperte über das glitschige Obst, das überall herumlag. Verbissen arbeitete sie sich voran. Sie wollte ins Haus, Koffer packen, weg, endlich weg.

Reeves erwartete sie an der Tür.

Sie sah, dass er wusste, dass es vorbei war.

Sein Blick war hart.

Tagelang lag Carson in Fieber. Reeves legte ihr feuchte Tücher auf die Stirn und flößte ihr Tee ein.

Sie sprachen kein Wort.

Als sie etwas klarer wurde, bemerkte sie, dass es draußen immer noch schneite. Sie ging ans Fenster. Der Schnee umschloss das Haus, das ganze Dorf lag unter einer dicken, weichen Decke in perfektem Weiß, kein Weg, kein Pfad.

Die Erinnerung stieg ihr in die Kehle. Zu Hause, in Georgia, wenn sie als Mädchen gelitten hatte unter der Schwüle des Hochsommers, da hatte sie vom Schnee geträumt, den sie noch nie gesehen hatte, den sie nur aus Büchern gekannt hatte und aus dem Lichtspielhaus. Die Vorstellung von der glitzernden Reinheit des Schnees und der beruhigenden Kühle, die von ihm ausstrahlte, hatte sie immer glücklich gemacht. Als junge Frau hatte sie in New York im ersten Schnee getanzt, die Kristalle hatten mit den Nachtlichtern gefunkelt, und ein ganzes reiches Leben hatte vor ihr gelegen. Später hatte sie Schnee immer mit der zarten, reinen Liebe zu Annemarie in Verbindung gebracht, dem Schweizermädchen aus dem Schnee der Berge.

Jetzt saß sie in der größten Fülle von Schnee, die sie sich nur hätte erträumen können. Und zugleich mit diesem alten Traum erfüllte sich auch der Traum von einem starken, unverbrüchlichen Wir. Er war Wirklichkeit geworden. Carson und Reeves, Mann und Frau, ich und du, wir, allein, aneinandergeschweißt und abgeschnitten von der Welt. Diese Wirklichkeit war kein blühender Traum, sondern ein giftiger Albtraum. »Wir« kommen nicht raus, und niemand kommt zu uns durch.

Während sich auf diese Weise ihre Mädchenträume erfüllten, verbrachte sie die dunkelsten Nächte ihres Lebens. Matt und unglücklich, unfähig zu handeln, blieb sie in ihrem Bett, hörte Reeves im Rest des Hauses rumoren und trunkene Selbstgespräche führen. Sie wusste, dass er über einem Abgrund hing. Jedes Mal, wenn sich seine Schritte ihrer Tür näherten, beschleunigte sich ihr Herzschlag. Einmal wachte sie nachts davon auf, dass Reeves seine Hände um ihren Hals legte. In Panik bäumte sie sich auf und schlug ihm dabei die Stirn vor die Nase. Er wich entsetzt zurück. Blut und Tränen strömten über sein Gesicht.

Am nächsten Morgen kam er nüchtern in ihr Zimmer und bat sie, gemeinsam mit ihm in den Tod zu gehen.

Sie konnte nicht einmal mehr antworten.

Reeves ging zum Schrank, holte ihren Mantel heraus und half ihr hinein. Er hakte sie unter. Sie ließ sich zum Auto führen und auf den Beifahrersitz setzen. Während er noch einmal ins Haus zurückkehrte, blickte sie auf den Garten. Der Schnee war so plötzlich verschwunden, wie er aufgetaucht war, aber unter seinem nassen Gewicht waren zahllose Äste der noch belaubten Bäume eingeknickt oder abgebrochen. Der Anblick war so trostlos, dass es Carson für einen Augenblick gleichgültig war, ob sie mit Reeves sterben würde oder nicht. Sie schloss die Augen.

Sie hörte, wie er zurückkam, einen Haufen Seile in den

Kofferraum warf und den Motor anließ. Ohne sie eines Blickes zu würdigen, fuhr er los.

Auf einem Hügel hinter dem Dorf stand die Buche, die Reeves für ihr Ende ausgesucht hatte.

Während er das Seil um einen quer liegenden Ast wand und es so verknüpfte, dass die erste Schlinge nahe am Stamm hing und die zweite damit verbunden am anderen Ende des Astes, beobachtete Carson, wie über der Baumkrone der Himmel aufriss und sich in einem lockeren Wolkenteppich zerstreute.

Reeves führte sie unter den Ast und legte ihr die Schlinge um den Hals. Ohne ihren Stock, den er neben ihre Füße geworfen hatte, konnte sie sich nicht lange auf den Beinen halten. Sie verabschiedete sich vom Leben.

Reeves kletterte auf den Ast und legte sich die Schlinge um. »Wir sind den Weg gemeinsam bis hierher gegangen«, sagte er. »Jetzt gehen wir ihn auch gemeinsam zu Ende.«

Dann sprang er.

Der Ast brach.

Carson brüllte auf wie ein Tiger, riss sich die Schlinge vom Hals und rannte. Seit Monaten war sie fast gelähmt, aber jetzt rannten die Beine um ihr Leben. Die Straße hinauf, die Allee entlang, zum nächsten Dorf.

Der Bauer, der sie mit dem Pferdewagen zum Bahnhof brachte, schüttelte den Kopf, als er im *Commerce* davon erzählte. Ein Anblick, die Frau! Eh bien, das würde es dann wohl schon wieder gewesen sein, in der Ancienne Présbytère. Mit den Amerikanern war es immer dasselbe. Man sah sie nie arbeiten, sie gaben viel Geld aus, und dann hatten sie Nervenzusammenbrüche. Woran man sah, dass eine Zentralheizung allein noch lange nicht glücklich machte.

Als Carson vierundzwanzig Stunden später am Küchentisch in ihrem Haus in Nyack saß, lagen Reeves und das Pfarrhaus in Bachvillers weit zurück, in einem anderen Leben. Wenn jemand versuchte, ihr nur ein Wort mehr darüber zu entlocken, versteinerte sie.

Sechs Wochen später besuchte sie für ein paar Tage ihren Freund Hervey Cleckley in Augusta und saß mit ihm in ein Gespräch vertieft am Kamin, als das Hausmädchen eintrat und sie ans Telefon rief. Carson nahm ihren Stock und humpelte in die Halle, wo der Hörer neben dem Apparat lag.

»Carson, Liebes, Reeves …«, hörte sie eine tränenerstickte Stimme. Es war Janet Flanner, eine der wenigen gemeinsamen Freunde, die sie und Reeves in Paris noch hatten.

»Was ist mit ihm?«

»Er ist gestorben, letzte Nacht …«

»…«

»Carson?«, flüsterte Janet in die schweigende Leitung.

»Für mich ist er das schon lange.«

Janet hielt den Atem an.

»Janet, bist du noch da?«

Janet zögerte. »In … in einem Hotelzimmer. Tabletten und Alkohol, er ist erstickt. Oh, Liebes …«, Carson hörte sie weinen. »Er wollte mich noch zum Essen einladen, aber ich hatte keine Zeit für ihn, und da schickte er mir Blumen und einen Brief, in dem er schrieb, dass er nach Westen aufbrechen wolle.«

»Nach Westen, ja«, sagte Carson ausdruckslos.

»Ich habe es nicht verstanden«, fuhr Janet fort, »ich hätte es wissen müssen. Es ging ihm so schlecht, seit du abgereist bist.«

»Das ging es ihm vorher auch.«

Carson hörte Janet schlucken und nach Luft ringen. »Ich weiß. Wann kannst du kommen?«

»Janet, ich werde nicht kommen. Bitte veranlasse alles Nötige.«

Reeves' weinender Mutter erging es nicht besser. Sie bat Carson für die Überführung des Leichnams aufzukommen. Carson lehnte rundheraus ab. Die unerwartete Kälte stieß Jessie McCullers so harsch zurück, dass die Tränen am anderen Ende der Leitung versiegten. Sie schluckte ihren Stolz und bat Carson, ihr wenigstens den Flug nach Paris zu bezahlen, da sie leider absolut mittellos sei.

Carson legte auf.

Reeves McCullers wurde in Frankreich auf einem amerikanischen Soldatenfriedhof beigesetzt. Janet Flanner legte ihm eine Rose auf den Sarg, ansonsten geleitete ihn militärisches Protokoll in die Erde, ein kleines Meer von Fahnen und Salutschüsse, die über dem Gräberfeld verrauchten. Sie legten ihn in eine Grube zwischen die Kameraden, die vor neun Jahren in der Normandie den Heldentod gestorben waren, dem er selbst knapp entkommen war.

Nyack, 1954

Carsons Herzlosigkeit sprach sich herum. Sie verlor an Ansehen. Es gab Freunde, die mit blankem Entsetzen reagierten. Welch ein Charakterzug! Selbst der Nachruf, den die *New York Times* auf Reeves veröffentlichte, verzichtete nicht darauf, auf die unglückliche Rolle der Ehefrau hinzuweisen. Carson schwieg zu den Vorwürfen. Eine Zeit lang wurde es still um sie.

Sie ertrug es. Sie richtete sich ein neues Arbeitszimmer ein und setzte sich an den Schreibtisch, an dem ich jetzt sitze und sie vor mir sehe.

Sie begann zu arbeiten. Mit ihrer gesunden Hand tippte sie langsame Sätze in die Maschine. Sie war zu Hause, sie war sicher, sie konnte arbeiten. *Uhr ohne Zeiger*, das Buch, von dem sie ahnte, dass es ihr letztes sein würde, wartete noch immer auf seine Niederschrift. Sie würde den Tod darin erbarmungslos zuschlagen lassen. *Der Tod ist immer derselbe, aber jeder Mensch stirbt auf seine eigene Weise.* Sie arbeitete, und die Schreibmaschine klapperte gegen das Ticken in ihrem eigenen Inneren an. Reeves hatte seine Uhr angehalten. Carsons Uhr tickte, keiner konnte wissen, wie lange noch, aber solange es tickte, würde sie arbeiten.

Auch für mich waren es nicht die besten Jahre.

Blindflug und das Guggenheim-Stipendium, das ich im Jahr darauf erhielt, trugen mich bis nach Rom, wo ich meinen zweiten Roman beenden wollte. In einer gelben Villa auf einem der sieben Hügel saß ich an meinem Schreibtisch und starrte abwechselnd auf den weißen Bogen in der Schreibmaschine und die staubigen Lichtstreifen, die durch die Lamellen der Fensterläden fielen. Ich starrte so lange auf das Blatt, bis ich dachte, ich würde blind. Ich rieb die Augenlider mit den Fingern, so dass bunte Flecken auf den Seiten tanzten. So verbrachte ich Stunde um Stunde, Tag um Tag.

Maggie, die ihren Job bei *Harper's* aufgegeben hatte, um mich nach Rom zu begleiten, warf sich inzwischen ins Leben und kam jeden Abend mit anderen Gerüchen in den Kleidern, mit einem neuen Geschmack im Mund, mit einem Lächeln auf ihrem gebräunten Gesicht nach Hause. Sie lebte. Ich hingegen versuchte zu schreiben und scheiterte täglich an mir selbst.

Außer vielen guten Gründen, Maggie allabendlich mit Vorwürfen zu überhäufen, fiel mir nichts ein. Mit dem sagenhaften Chianti, den man in Italien damals fast umsonst bekam, spülte ich gegen die Blockaden an, gegen das ständige Flüstern in meinem Kopf, dass dies alles völlig unwirklich wäre, dass es mich letztlich in den Wahnsinn treiben würde. Gott, wo ist meine Geschichte? Was will diese Figur? Was habe ich mir bei der Seite, die ich mir gestern abgerungen habe, nur gedacht? Wo finde ich den Faden wieder – und welchen Faden überhaupt? Wo ist der Chianti? Wo ist mein Bett?

Maggie, die als Gattin eines erfolgreichen jungen Schriftstellers nach Rom gegangen war, erlebte mit zunehmendem Entsetzen meinen Wandel zum blockierten Schriftsteller und unangenehmen Zeitgenossen. Sie hörte auf, mir Mut zu machen, sie hörte auf zu lächeln, und eines sonnigen Morgens verließ sie das Appartement mit ihren Koffern.

Ich blieb noch drei Monate. Als das Stipendium auslief, hatte ich irgendwie die 170 Seiten zu Papier gebracht, die ich dem Verlag zugesichert hatte.

Wie nicht anders zu erwarten, stürzten sich die Gazetten auf Ben Jacksons zweiten Roman. Es hagelte Spott und Häme. Obwohl ich wusste, dass *Spurensuche* nicht das Papier wert war, auf dem es gedruckt worden war, begann ich das Buch vor den Angriffen zu verteidigen. Ich schimpfte über die Kritiker, die sich zu Richtern aufschwangen, obwohl sie selbst nicht einmal eine Kurzgeschichte zustande brächten, ich plusterte mich auf, und obwohl ich es besser wusste, zimmerte ich so lange am Mythos des verkannten Genies, bis ich ihn beinahe selbst glaubte.

Dann brach ich zusammen.

Zwei Monate in einer Privatklinik stellten mich wieder her. Ich sah die Dinge in aller Klarheit, schämte mich meiner Aussetzer, versicherte mir und anderen glaubhaft, meine Arbeit künftig nüchtern und professionell anzugehen.

Maggie nahm mich wieder in ihrer Wohnung auf. Sie verdiente genug, dass wir beide überleben konnten, bis ich mein drittes Buch geschrieben hätte. Wir vereinbarten eine Frist von einem Jahr. Doch da ich nach diesem Jahr schon bis zur Hälfte von *Da Capo* vorangekommen war – und gut vorangekommen war –, sahen wir beide so hoffnungsvoll in meine Zukunft als Schriftsteller, dass wir die Frist um ein weiteres Jahr verlängerten.

Dann kamen die weißen Seiten wieder. Ich erschrak zutiefst, schrieb mechanisch drauflos, irgendetwas, ohne Zusammenhang. Nur nicht die weißen Seiten. Schließlich ließen sie sich nicht mehr leugnen. Zerknirscht ließ ich mich von Maggie zu einem Seelenklempner schicken, der angeblich großartige Erfolge mit blockierten Schriftstellern zu verbuchen hatte. Aber an mir biss sich dieser Dr. Flow die Zähne aus. »Sie sind ein gottverdammter Quacksalber«, schrie ich ihn an, bevor ich zum letzten Mal seine geschmackvolle Praxis verließ. »Sie ahnen ja nicht einmal, was es mit dem Wunder des schöpferischen Geistes auf sich hat, nicht die Spur einer Ahnung haben Sie.«

Leider wusste ich selbst auch nichts mehr darüber. Es war, als hätte ich *Blindflug* nie geschrieben, diesen feinen kleinen Roman, dessen Autor mit mir nicht mehr zu tun zu haben schien als mit dem Taxifahrer, der mich an diesem Abend nach Hause brachte.

»Du hast … was?« Maggies Augen füllten sich mit unerträglicher Enttäuschung, als ich ihr mitteilte, dass ich diesem Scharlatan nicht einen Cent mehr in den Rachen werfen würde.

»Ich schaffe das allein, Liebling«, versicherte ich ihr und legte dabei Autorität in meine Stimme. »Glaube mir, jeder muss da mal durch.«

Maggies Augen zogen sich zusammen wie bei einer Katze im Gegenlicht, und als ich ihr ein Glas mit Scotch reichte, tat sie etwas, das ich ihr nie zugetraut hätte: Sie schlug es mir aus der Hand.

»Jetzt bist du zu weit gegangen!«, brüllte ich sie an, riss in der Garderobe meinen Mantel vom Haken und eilte in die Nacht.

In meinem Kopf rauschte das Blut, blind und richtungslos lief ich durch die Straßen, dann setzte ich mich mit aufgeschlagenem Kragen in einen Hauseingang und vergrub meine Hände in den Manteltaschen. Die eisigen Fingerspitzen stießen auf Papier. Ich holte es hervor und strich es glatt: Es war die Einladung zu einer Party anlässlich einer Gastvorlesung von Mrs Carson McCullers an der Columbia University. Ich warf einen Blick auf meine Uhr. Die Vorlesung hatte ich verpasst, auf die Party konnte ich es noch schaffen. Ich winkte mir ein Taxi heran, aber bevor ich mich darin niederließ, hatte ich gerade noch rechtzeitig die Eingebung, einen Blick in meine Brieftasche zu werfen. Leer und schwarz gähnte sie mich an.

Niedergeschlagen ging ich zu Fuß zu der Adresse in Upper Manhattan, und als ich dem Mädchen in der Halle meinen Mantel reichte und in den Salon trat, war der offizielle Teil des Abends schon gelaufen. Ganz hinten im Raum, unter einem riesigen Spiegel, der eine angeregte Menge gut gekleideter Menschen zurückwarf, saß Carson allein auf einem Sofa, die Beine unter einen altmodischen Rock gezogen. Quer über ihrem Schoß lag ihr Gehstock.

Seit unserer letzten Begegnung vor vier Jahren war sie stark gealtert, sie wirkte geschrumpft, fast versank sie in den gewaltigen Polstern. Ihr berühmter Pagenkopf war verschwunden, stattdessen trug sie eine struppige Kurzhaarfrisur, unter der ihre Augen groß und traurig hervortraten. Ich hatte vom Tod ihres Mannes gehört, auch von schweren gesundheitlichen Problemen, und zögerte einen Augenblick, mich zu nähern. Ich hätte nicht einmal erwartet, dass sie sich überhaupt an mich erinnerte, doch ihr Gesicht leuchtete auf, als sie mich entdeckte.

»Ah, mein junger Freund Ken!«, rief sie mir mit ihrer schleppenden Stimme entgegen und klopfte neben sich aufs Sofa.

»Ben«, korrigierte ich mit einer leichten Verbeugung.

»Oh, Ben, natürlich, das hatten wir schon, nicht wahr?« Sie lachte, das Lachen wurde zu einem Hustenanfall, und Tränen liefen ihr aus den Augen. »Sag, wie ist es dir ergangen?«

»Nun ja.«

»Nun ja?« Sie legte sich die knochige Hand auf die Brust und neigte mir ihren Kopf entgegen. Ich sah sie an und spürte eine Zuneigung, die ich mir nicht erklären konnte. Nur zu gerne hätte ich mit ihr über die weißen Seiten gesprochen, aber ich brachte es nicht fertig, es kam mir einfach zu lächerlich vor. Es war nicht zu übersehen, wie brutal das Leben mit ihr umgegangen war, und alle wussten, dass sie dennoch nie aufhörte zu arbeiten. Und hier saß ich mit meinen dreißig Jahren, mit einem geschenkten Erfolg in der Tasche und einem weiteren, den ich mir erst noch erarbeiten musste. Und da sollte ich ihr von meinen Blockaden vorheulen? Unmöglich. Also erzählte ich von meinem dritten Roman, skizzierte ihr Thema, Plot und Charaktere und fand dabei sogar ein wenig in meine einstige Begeisterung für die Geschichte zurück. Dass *Da Capo* seit fast einem Jahr nicht um eine einzige Seite vorangekommen war, erwähnte ich nicht.

»Das hört sich sehr gut an, Ben«, sagte sie freundlich, als ich endlich geendet hatte. Sie legte den Kopf schief, und wieder studierte sie mich mit einem Blick, als sei ich der interessanteste Mensch auf dieser Welt. »Das hört sich viel besser an als dein letztes Buch. Die Kritiken waren tödlich, ich erinnere mich.« Mehrmals zuckte ihr Kinn Richtung Hals, bis sie es mit Daumen und Zeigefinger der rechten Hand beruhigte. »Weißt du, die Arbeit ist das Einzige, was zählt ...«

Wenn ich darauf etwas erwidert hätte, wären mir die Tränen gekommen, deswegen nickte ich nur und stand auf, um uns an der Bar neue Drinks zu holen. Als ich mit den beiden Gläsern zurückkam, war sie verschwunden.

Drei Wochen nach dieser Begegnung fand ich eines Morgens einen Umschlag in meinem Briefkasten. Ich riss ihn auf und zog das Manuskript einer längeren, getippten und handschriftlich verbesserten Kurzgeschichte daraus hervor. *Wer hat den Wind gesehen?* von Carson McCullers. Die vergangene Nacht war lang gewesen, meine Zunge lag wie Holz in meinem Mund, und in meinem Schädel herrschte noch zäher Nebel, als ich mich damit an den Küchentisch setzte, doch schon nach den ersten Zeilen war ich hellwach. Jede Faser meines Körpers spannte sich den Worten auf diesen Seiten entgegen. Es war meine Geschichte. Carson hatte meine Geschichte geschrieben, mit geisterhafter Sicherheit, obwohl ich mir sicher war, ihr kaum etwas über mich selbst erzählt zu haben. Dennoch war sie wahr bis ins Herz. Und nicht nur das, Sie hatte sie in die Zukunft fortgeschrieben. Ohne jede Gnade.

Es ist die Geschichte des gescheiterten Schriftstellers Ken Harris, der vor nunmehr dreizehn Jahren als attraktiver jugendlicher Debütant für kurze Zeit am Honigtopf des literarischen Erfolgs kosten durfte. Sein Erstling hatte ihn in die Welt der kulturellen Upper Class Manhattans geführt, wo sein Selbstbewusstsein auf einem Niveau geschmeichelt wurde, das den Vergleich mit Faulkner und Hemingway nicht scheute. Die Stationen seines darauf folgenden Weges sind beinahe identisch mit den meinen: Guggenheim-Stipendium, Schreibaufenthalt in einem südlichen Land, die Schreibhemmungen, der Alkohol. Sogar die beinahe täglichen Rechtfertigungen, nämlich dass jeder Tag in einem exotischen Land für einen Schriftsteller an sich schon wertvoll sei, weil er ihm die nötige Lebenserfahrung und Horizonterweiterung für künftige Werke einbringe – das hatte ich mir wortwörtlich auch in die Tasche gelogen. Ken tröstet sich genau wie ich über die Unproduktivität seiner Tage hinweg. Es folgen der Misserfolg des zweiten Romans, die Eheschwierigkeiten, die Abhängigkeit von der berufstätigen Ehefrau, bis in die Feinheiten der verzweifelten Gesten. Als sei es gar nicht meine oder Kens Geschichte, sondern die Geschichte eines gewissen Typus, deprimierend vorhersehbar.

An dem Tag, an dem der Leser Ken auf einer Party erlebt, ist dieser schon Ende dreißig, mir zehn Jahre voraus, in meiner Zukunft schon angekommen. In diesen zehn Jahren hat sich nichts geändert – und zugleich alles. Lichtjahre entfernt von jener Zeit, *als die leere Seite Erinnerung aufrief und ordnete und Ken die geisterhafte Meisterschaft seiner Kunst spürte*, verbringt er seine Tage mit vormittäglichen Drinks, Dosennahrung und – pflichtschuldigst – der leeren Seite. Punkt sechs Uhr abends springt er erleichtert auf und fährt mit der Subway zu irgendwelchen Gastgebern.

Der Klangteppich der Stimmen, der in der Luft liegende Geruch, die Gesichter der Gäste, all das ist ihm auf beinahe unheimliche Weise vertraut. Noch immer bewegt er sich als Schriftsteller durch die Gesellschaft, aber die wenigsten erinnern sich an seinen Namen. Er ist aus dem Spiel, ein Gewesener. Die »Hurengöttin« des Erfolgs, des Geldes und der Jugend hat sich neue Schoßtiere herausgepickt, irgendwelche Jünglinge, die sie in zehn Jahren genauso gelangweilt fallen lassen wird wie ihn selbst.

Ken trinkt. Das Erschreckende an ihm ist nicht der Misserfolg, es ist der Charakter, den er als Antwort auf den Misserfolg offenbart. Er ist verbittert. Er ist neidisch. Er ist kleinlich. Er hasst sich selbst und sorgt dafür, dass alle darunter leiden, besonders seine Frau Marion. Sein Selbstvertrauen ist das eines Mannes, der seit dreizehn Jahren nichts tut, als auf weißes Papier zu starren und spärlich beschriebene Seiten in kleine Stückchen zu zerreißen, eines Mannes, der trinkt, statt zu schreiben, der vom Gehalt seiner Frau lebt, die seinetwegen kinderlos altern muss, eines Mannes, der im Café sitzt, den Menschen zusieht und begreift, dass jeder irgendein Ziel anstrebt und Teil eines großen Ganzen ist. Nur er allein steht abseits und isoliert.

Zum Schluss zeigt Carson Ken Harris und seine Frau zu Hause. Marion, die einen anstrengenden Arbeitstag im Verlag hinter sich hat, lässt es geduldig – zum wievielten Male? – über sich ergehen, wie Ken von der Abwärtsbewegung seiner Erwartungen spricht. Vom großen Dichter, der er in seiner Jugend sein wollte, zum kleinen, feinen Autor, zum Drehbuchschreiber, zum

Leichenwäscher. Als sie schließlich wagt, über seine selbstmitleidigen Litaneien ihren Unwillen zum Ausdruck zu bringen, packt er eine Nagelschere und geht damit auf sie los.

Bevor es zu Schlimmerem kommt, wecken ihn seine eigenen Schreie aus der Hysterie. Er verlässt das Schlafzimmer und zieht sich hinter seine Schreibmaschine zurück. Ein ums andere Mal hackt er einen einzigen Satz in die Tasten: *Warum habe ich solche Angst?*

Marion verlässt die Wohnung und sein Leben. Dem Wahnsinn nahe rennt Ken Harris in die verschneite Nacht.

Ende.

Erschöpft schob ich das Manuskript von mir. Keine Hoffnung für Ken Harris. Keine Hoffnung für Ben Jackson. Eine Passage über Kens Erleichterung durch seinen Militäreinsatz während des Krieges hatte mir zwar bewusst gemacht, dass Carson in der Geschichte auch das Schicksal ihres Ehemanns aufarbeitete, aber es war dennoch meine Geschichte. Sie war ein Schlag ins Genick. Mein Herz raste wie in Todesangst. Ich tobte, stampfte in meinem kaffeebefleckten Bademantel die Küche auf und ab, rannte mit dem Kopf gegen die Tür. Jeder weiß, wie skrupellos Schriftsteller sein können – dieses Ausbeuten der Schwächen anderer Menschen für eine gute Geschichte –, aber das, das war perfide! Sie hatte mich zerstört! Ich hasste Carson McCullers.

Eine geschlagene Woche verbrachte ich in dieser blinden Wut, nahe daran, ihr oder mir oder uns beiden etwas anzutun.

Doch dann beruhigte ich mich immerhin so weit, dass ich den Brief las, den sie dem Manuskript beigelegt hatte. Sie entschuldigte sich für die Schonungslosigkeit, mit der ich mich wiederfinden musste. Aber ich sei nicht Ken Harris, sondern Ben Jackson, gerade dreißig Jahre alt, jung genug, meinem Martyrium ein Ende zu machen und einen neuen Weg einzuschlagen. Die Hurengöttin habe mir eben nur ein einziges Mal ein Buch geschenkt, ein gutes Buch, auf das ich stolz sein könne und das mir den Weg in eine andere Karriere ebnen würde, wenn ich das wollte. Sie würde sich bei Houghton Mifflin für mich einsetzen. Ich solle mich bei Robert Linscott melden, wenn ich so weit sei. Es gebe nichts Schlimmeres als einen in Selbstzweifeln gefangenen Schriftsteller, das habe sie seit Reeves' Tod erkannt.

Lass es nicht so weit kommen, Ben, du hast etwas Besseres verdient.

Ich brauchte noch eine Weile, bis ich ihrem Rat folgen konnte. Aber dann tat ich es mit befreitem Herzen.

Ich habe es nie bereut. Ich habe zwei gesunde Kinder. Ich lebe mit klarem Kopf, regelmäßigem Einkommen und einer Frau, deren warmer Körper Nacht für Nacht meinen Schlaf beschützt. Wenn ich an unsere früheren Kämpfe denke, an die Jahre, in denen ich einem Götzen diente, der mich ums Haar ins große Nichts geführt hätte, bin ich nur froh, dass sie vorbei sind.

Bis heute stecke ich meine Arbeitskraft in *Literatur*, vor allem in Romane, aber mein Material sind nicht mehr weiße Seiten, sondern beschriebene. Es ist nicht mehr mein Geist, der fiktive Menschen schafft, nicht mehr mein kleines Herz, das die Tragödien gebiert, nicht meine Seele, die den Schmerz durchlebt und dennoch irgendwoher die Kraft nehmen muss, all diese Schönheit zu erzeugen.

Stattdessen stelle ich einfache Fragen, die ganze Kapitel zum Ergebnis haben. Ich suche nach Spuren, auf denen man den Karren eines abgestürzten Versuchs wieder aus dem Dreck ziehen kann. Ich bin Geburtshelfer, Amme und Freund, die Hand, die durch den Nebel der schöpferischen Einsamkeit greift. Nicht einen meiner Autoren habe ich jemals beneidet, um nicht eines ihrer Werke, und ganz sicher nicht um ihr Leben. Ich habe das Schicksal des Schriftstellers abgestreift wie ein kratzendes Büßerhemd und bin stattdessen in den glatten Zwirn des Lektors geschlüpft. Dieses Hemd sitzt wie maßgeschneidert.

Carson ist tot. Mir hat sie zweimal das Leben gerettet. Denn ich glaube nicht, dass ich heute noch etwas hätte, was ich Leben nennen möchte, wenn sie mich nicht erst auf den Weg gebracht und mir dann, gerade rechtzeitig, die richtige Abzweigung gezeigt hätte. Sie selbst ist den ganzen Weg geradeaus gegangen, stellvertretend für mich und alle anderen. Bis zu ihrem frühen Ende.

Bis zuletzt hat sie gegen die Lähmung angekämpft. In den vierzehn Jahren unserer Freundschaft, den letzten ihres Lebens, verweigerte ihr Körper vor meinen Augen Schritt für Schritt seinen Dienst. Das Haus in Nyack verließ sie kaum noch, sie saß auf der Veranda, im Arbeitszimmer, zuletzt nur noch in ihrem Bett im Schlafzimmer. Ihre Gesundheit zerfiel, ihr Gesicht verzerrte sich unter Schmerzen, aber sie klagte mit keinem Wort. Stattdessen schrieb sie die freundschaftlichsten Briefe, die man sich vorstellen kann, und wenn sie an ihrem Bett Besuch empfing, dann entließ sie ihn immer mit ihrem unbezwingbaren Lachen im Ohr.

Sie schrieb, so gut es eben noch ging. Als *Uhr ohne Zeiger* 1960, siebzehn Jahre nach Beginn der Niederschrift, endlich erscheinen konnte, fiel der Roman durch. Kaum einer fand darin die Größe ihrer frühen Werke. Dabei hatte sie an keinem Buch jemals so gearbeitet, hatte sich noch nie eines so sehr abgerungen. Sie nahm die Kritik schlecht auf. Ihre Stimmung verdüsterte sich, und mit ihrem Gesundheitszustand ging es weiter bergab. Vielleicht wäre es damals schon mit ihr zu Ende gegangen, wenn nicht Mary gewesen wäre. Mary fing sie auf.

Dr. Mary Mercer ist eigentlich Kinderpsychiaterin, ich weiß nicht, wer die beiden zusammengeführt hat, aber er hat eine glückliche Hand bewiesen. »Ich werde nicht eine Zeile von Ihnen lesen, Mrs McCullers«, soll Mary gesagt haben, als sie sich kennenlernten. Carson war hingerissen. Endlich jemand, dem sie voraussetzungslos ihr Leben erzählen konnte. Die Begeisterung war gegenseitig. Gleich nach der ersten Therapiesitzung gingen die beiden zusammen essen. Und so wurde Mary nicht nur Carsons Ärztin, sondern auch ihre beste Freundin.

Mary ist klug und elegant. Sie ist zuversichtlich. Vor allem ist sie sehr klar und eindeutig. Manche finden sie entsetzlich konventionell, mit ihrer korrekten Frisur, ihren Kostümen und Perlenketten. Sie geht sogar jede Woche in ihre Kirche. Sie ist das Gegenteil von Carsons Schriftsteller-Freunden, und genau das machte sie so wertvoll. Carson, die seit der Sonntagsschule keinen Fuß in eine Kirche gesetzt hatte, vertraute ihr so sehr, dass sie

sie jede Woche beauftragte, im Gottesdienst das Gebet für sie zu sprechen, das sie gemeinsam ausgesucht hatten. Sie hat es mir einmal aufgesagt, flüsternd und fast scheu:

Take my mind, speak to it.
Take my heart, make it kind.
Take my body, use it.

Dabei hat sie mich mit ihren großen Augen angesehen, ob ich den Sinn ihres Gebets erfasste, die Bedeutung, die es für ihr Leben gewonnen hatte. Ich konnte darauf nichts sagen und nahm nur ihre Hand. Es war einer der wenigen Augenblicke in meinem Leben, in denen ich bedauerte, ein überzeugter Atheist zu sein.

Ihr blieben noch sieben Jahre. Jahre, in denen sie geehrt und mit Preisen überhäuft wurde. Sie war selbstbewusst genug, jeden einzelnen für angemessen zu halten, und freute sich dennoch jedes Mal wie ein Kind. Es waren auch Jahre, in denen ein Krankenhausaufenthalt auf den anderen folgte, in denen sie zahllose Operationen überstand und in denen sie dennoch niemals aufgab.

In ihrem letzten Jahr war ihr Körper so verkrümmt und ausgezehrt, dass man sich über jeden Tag, an dem sie munter aufwachte, nur wundern konnte. Anziehen, gehen, essen, Notdurft – es gab nichts mehr, was sie ohne Idas Hilfe verrichten konnte; aber sie genoss ihr Leben. Den krampfartigen Schmerzen, die zu ihren ständigen Begleitern geworden waren, schenkte sie kaum Beachtung, stattdessen verströmte sie eine Lebensfreude, mit der sie Besucher aus aller Welt an ihr Bett lockte. Wie ein Honigtopf die Fliegen.

Bevor John Huston damit begann, *Spiegelbild im goldenen Auge* zu verfilmen, mit Elizabeth Taylor und

Marlon Brando in den Hauptrollen, kam er nach Nyack gereist, um Carson kennenzulernen. Wie so oft in ihrem Leben war es Liebe auf den ersten Blick. Der Regisseur lud sie auf sein Schloss in Irland ein, und sie nahm die Einladung aufgeregt an.

»Liebes, wie stellst du dir das vor?«, versuchte Ida einzuwenden. Die Muskeln in Carsons linker Körperseite verkrampften sich jeden Tag mehr. Sie war in den letzten Monaten an Schultern, Armen und Hüfte operiert worden.

»Wie ich mir das vorstelle?«, gab Carson trotzig zurück. »Na, mit dem Flugzeug!«

Ida beugte Carson nach vorne, schüttelte die Kissen in ihrem Rücken und lagerte sie zurück. Dann fasste sie mit der einen Hand ihr Kinn, putzte mit der anderen ihre Zähne und hielt ihr eine Schüssel hin, damit sie ausspucken konnte. Zum Schluss steckte sie ihr eine Zigarette in den Mund und zündete sie an.

»Ich meine ja nur«, fuhr sie nach einiger Zeit fort und sah auf Carsons linkes Bein. Es ragte unnatürlich abgespreizt aus dem Bett, fast im rechten Winkel zu ihrem anderen Bein, das ausgestreckt unter der Decke lag. Ida massierte es, wickelte es in eine warme Decke und schwieg.

Carsons Gesicht verzog sich. Selbst ihr leuchtete ein, dass sie mit diesem Bein nicht zu transportieren war, in keinem Sitz und auf keiner Liege dieser Welt.

»Dann machen wir die Amputation jetzt«, sagte sie entschieden.

»Die Amputation?«

Ob das Bein abgenommen werden sollte oder nicht, war noch lange nicht entschieden. Ida setzte sich auf die

Bettkante und sah Carson streng an. »Das ist nicht ungefährlich, in deinem Zustand.«

Carson lachte auf. »In meinem Zustand! Ida, wie oft habe ich dir verboten, dieses Wort zu benutzen. Ich weiß, dass mein Zustand nicht der beste ist.« Sie stützte sich ab und versuchte, ihre Hüften zu bewegen, gab es aber gleich wieder auf. »Mein Bein bringt mich ohnehin um, wenn ich mich nicht davon trenne.«

Sechs Wochen später ging Ida zum ersten Mal in ihrem Leben an Bord eines Flugzeugs, um an Carsons Seite zu sein, die mit einem Bein nach Irland flog.

Gleich nach ihrer Rückkehr rief Carson mich an.

»Ben, hilf mir.«

Ich hatte sie seit Jahren regelmäßig in Nyack besucht, aber so, wie sie mich an diesem Maimorgen vor vier Monaten empfing, hatte ich sie noch nie erlebt. Aufrecht wie eine Königin saß sie in einem frisch bezogenen Bett auf der Veranda. Der Garten stand voller Blumen, das helle Grün der Bäume rauschte, und die Wolken rollten wie weiße Steine über den Himmel. Carsons Gesicht war schlaff, aber ihre Augen blickten mir so stolz entgegen, als hätte sie alle Schönheit um sich herum eigenhändig geschaffen.

Ich küsste ihre Wangen. Ihre Haut unter meinen Lippen war weich und roch nach Tabak, Gin und Medikamenten. Aus ihrer Kehle drang leises Gurren.

»Wie geht es dir heute?«

»Gut«, erwiderte sie knapp und rollte mit den Augen. Ihre Zunge formte die Worte. »Ich hoffe, dir geht es auch gut, mein lieber Ben. Viel Arbeit wird das.«

Mit einer Kinnbewegung wies sie auf das Papier, das auf einem Tisch neben dem Bett lag. Ich zog meinen Füller aus der Jackentasche und wir fingen an.

Stunden später stand da ein Satz:

Mein Leben war, dem Himmel sei Dank, fast vollständig ausgefüllt mit Liebe und Arbeit.

Sie wusste, dass ihr nicht mehr viel Zeit blieb. Monatelang saß immer jemand an ihrem Bett. Mary, Ida, eine bezahlte Sekretärin, Carsons Untermieter, der Schriftsteller werden wollte. Und wann immer es ging, war ich selbst da.

Es war harte Arbeit, neben ihr zu sitzen und zu warten, bis sie einen Gedanken zu Sprache gemacht hatte. Manchmal war es kaum auszuhalten. Ihre Lippen zitterten vor Anstrengung. Die Pausen wurden länger. Die Uhr schlug immer langsamer.

Nach drei Monaten bemerkte ich das erste Mal den Schleier, der sich über ihre grauen Augen zu legen begann.

»Lies mir vor«, bat sie mich eines Morgens.

»Alles?«

Sie nickte.

Ich klappte den Koffer auf, in dem wir die Manuskriptseiten gesammelt hatten, kramte darin und versuchte eine erste, vorläufige Ordnung in das Wirrwarr zu bringen. Dann begann ich zu lesen.

Regungslos hörte sie mir zu.

Als ich geendet hatte, machte sie ein verlorenes Gesicht. »Wir werden nicht fertig werden«, stieß sie hervor.

Ich wusste, dass sie recht hatte. Der Wunsch, der Nachwelt ihre Autobiografie zu hinterlassen, hatte ihre letzten

Energien freigesetzt. Nun waren sie aufgebraucht, bevor sie das Ziel erreicht hatte.

Ich legte den Stapel wieder in den Koffer und nahm ihre Hand. »Du hast viel geschafft. Carson, du ahnst nicht einmal, was du geschafft hast.«

Sie drehte ungeduldig den Kopf zur Seite. »Das meine ich nicht«, murmelte sie mit tiefer, tonloser Stimme. »Ich muss noch ...« Sie schien zu überlegen. Dann fielen ihre Augen zu, und sie machte eines der kurzen, flachen Schläfchen, die sie jetzt jederzeit überfallen konnten.

Ich wartete. Was konnte sie meinen? Was konnte so wichtig sein, neben allem, was wir notiert hatten, neben allem, das sie in ihren Büchern schon gesagt hatte? Ich wusste es nicht, und während ich ihrem leisen Schnarchen lauschte, döste ich selbst ein.

»Reeves!«, rief sie plötzlich.

Ich schrak in meinem Sessel auf und setzte die Spitze des Bleistifts aufs Papier. »Was ist mit Reeves?«

»Es ist«, ihre Augen bewegten sich hin und her, »nicht ...«

»Ja?«

»Nicht gerecht.« Sie atmete schwer aus.

Zu Reeves hatte Carson viele Seiten diktiert. Die Enttäuschung, die der schrittweise Wandel seines anfangs so einnehmenden Wesens mit sich gebracht hatte, stand mir klar vor Augen. Vom schönen jungen Mann mit großen Plänen zum Versager, Lügner und Selbstmörder. Obwohl wir uns nicht ein einziges Mal begegnet waren, bildete ich mir ein, Reeves zu kennen. Vielleicht war es letztlich sogar sein Tod, der zu der Wende in meinem eigenen Leben beigetragen hatte.

Aber das machte ihn mir noch lange nicht sympathischer. Ich weiß, dass ihn die meisten Menschen, die ihn kannten, gemocht haben. Immer wieder habe ich von seinem Charme sprechen gehört. Aber im Gegensatz zu Carson, deren eigener Charme noch auf Generationen von Lesern ausstrahlen wird, ist der seine mit dem Tod erloschen. Was bleibt, ist der Eindruck eines schwachen Charakters.

Carson bat mich, ihr alle Stellen zu Reeves noch einmal vorzulesen. Immer wieder schüttelte sie den Kopf und machte das Gesicht einer Mutter, die ihr Kind zu Unrecht bestraft hatte.

»Er war mehr«, sagte sie langsam. »Aber im Leben konnte er es nicht sein.« Ich sah es hinter ihrer Stirn arbeiten. »Und im Schreiben auch nicht«, fügte sie nach einer Pause hinzu.

Ich verstand, was sie quälte, und wollte ihr helfen, aber ich wusste nicht, wie. Wenn sich das Besondere eines Menschen nicht in seinem Leben ausdrücken kann und er es auch nicht schafft, diesen Ausdruck im Schöpferischen zu finden, dann wird *es* in Gottes Namen eben nicht ausgedrückt. In dieser Frage bin ich unsentimental. Millionen sterben so.

»Haben uns geliebt, einmal ...«, sagte sie plötzlich, als hätte sie daran schon lange nicht mehr gedacht.

»Das weiß ich«, sagte ich.

»Die Briefe!«, rief sie plötzlich aus.

»Welche Briefe?«

»Na!« Sie schnalzte mit der Zunge. »Die Kriegsbriefe! Die müssen auch mit rein. Ins Buch.«

In der Nacht darauf las ich die Briefe zum ersten Mal.

Tiefe Liebe fand ich darin. Eine starke Verbundenheit. Einen mutigen Soldaten, der sich noch dazu sehr wohl auf dem Papier auszudrücken wusste. Plötzlich verstand ich, warum Carson ihn ein zweites Mal geheiratet hatte.

Und ich begriff, dass sie ihm dadurch, dass sie seine Briefe in ihre Autobiografie aufnahm, am Ende doch noch die Möglichkeit gab, eine Spur zu hinterlassen. Lest Reeves' Briefe, sagt sie damit, und ihr werdet ihn nicht verachten. Lest meine Briefe, und ihr werdet wissen, dass auch ich ihn geliebt habe. Es hat sie gegeben, unsere *Ehe der Liebe und der Arbeit*. Auch wenn wir dazu durch einen Ozean getrennt sein mussten. Auch wenn sie in Zerstörung umschlug, sobald wir zusammenlebten.

Nyack, 3. Oktober 1967

Draußen ist es Tag geworden. Das Zimmer ist hell und freundlich. Im Haus wachen die Stimmen auf, die ersten Gäste zu Carsons Beisetzung treffen ein. Vor dem Fenster sehe ich den Hudson in der Morgensonne glitzern.

Ida erscheint mit meinem Frühstück in der Tür. Als sie mich unverändert dasitzen sieht, stellt sie das Tablett ab und legt mir ihre Hände auf die Schultern.

»Bist du fertig geworden, Ben?«

Ich nicke, schraube den Füllfederhalter zu und ziehe mein Jackett über. Ja, ich bin fertig.

»Ich komme runter und frühstücke mit euch«, sage ich. Dann falte ich das weiße Blatt zweimal sorgfältig in der Mitte zusammen und stecke es in meine Brusttasche.

Oak Hill Cemetery, 3. Oktober 1967

Ein Hügel über dem Fluss. Fahle Vormittagssonne. Verwitterte Steine unter alten Bäumen. Ich trete an Carsons Grab.

»Auf dem Gipfel des Hügels, wo die Augen über Blau und Grün und alle Farben des Herbstes schweifen, tragen wir ein Kind zu Grabe. Ein Kind von fünfzig Jahren.

Ein Wunderkind, ein wildes Kind. Freude, Angst, Schmerz und Liebe, immer maßlos, das Kind immer ausgeliefert.

Wenn Carson liebte, dann jedes Mal zum ersten Mal, mit der staunenden Wucht einer Zwölfjährigen. Sie legte ihr Herz zu Füßen, wo es Staub und Blessuren empfing, glühte, barst, in die Nacht versank – um sich beim nächsten Mal wieder genauso rein und frisch zu verschenken.

Ihr Herz blieb jung, ihr Körper zerfiel, Schlag auf Schlag, am Stock, im Rollstuhl, auf Kissen gelagert; zerbrechlich wie ein Vogelskelett, von Schmerzen zermahlen, gelähmt bis in die Fingerspitzen.

Die Hingabe an das, was sie Arbeit nannte, blieb bis zum Schluss. Wenn sie schrieb, dann gab es nichts anderes. Einsamkeit und Liebe, die Pole ihrer Existenz, fielen in eins und entzündeten das Feuer ihres Werks. Im Werk, in der Summe der Worte, verschmilzt das klare Auge des Kindes mit der Weisheit unendlich lang gelebten Lebens. Laufen, sprechen, sehen. Schreiben. Mut fassen. Lieben. Sterben.

Das größte Geschenk ging an jene, die zuletzt bei ihr waren. Die monatelang an ihren Lippen hingen, die über den Bleistiftspuren rätselten, die sie auf dem Papier hinterließ. Am Ende hatten auch sie gelernt, was Hingabe ist:

Ein Baum: ein Tagwerk.

Ein Stein: erschöpfte Zufriedenheit.

Eine Wolke: ein blühender Traum.

Was sterblich war an ihr, liegt jetzt neben den Knochen ihrer Mutter. Unter einem Stein, im Schatten eines Baumes, über den die Wolken ziehen.«

Ich nehme den Lederkoffer mit den Manuskriptseiten und verzichte auf die übrigen Rituale, die zu ihrem Abschied zelebriert werden, auch auf den Blick in die Gesichter der Trauernden. Ich gehe den Hügel hinab, durch die herbstlich sauberen Straßen, zum Bahnhof. Plötzlich überfällt mich eine starke Erinnerung an ihr polterndes Lachen, mit dem sie einen überschütten konnte, ein Lachen, dass einen alles vergessen ließ. Ich habe es immer noch im Ohr.

Mein Schritt ist leicht wie lange nicht. Ich habe, ohne es zu merken, in einer durchwachten Nacht einen blühenden Traum geträumt. Von Carson, von mir selbst und von etwas Drittem, in dem sich unsere Träume berühren.

So, wie Carson es gefordert hat. Ich habe es auf die einzige Weise getan, die mir möglich war. Mein Traum hat einen Anfang, eine Mitte und ein Ende, und wenn er auch nie weiße Seiten füllen wird, ich liebe ihn, weil er wahr ist.

Was ich nicht wissen konnte, das habe ich empfunden.

Oder geglaubt.

Was fast dasselbe ist wie es zu erfinden.

Ende

Dank

Für Impulse, Rat, Tat und Unterstützung während des Entstehungsprozesses danke ich von Herzen Arwed Vogel, Raphaela Kreitmeir, Barbara Pfeufer, Kerstin Grünwald, Martin Hielscher und Brigitte Ebersbach. Für moralische Unterstützung Konrad, Josef und Matthias Landes, Natalie Friedrich und Susanne Feike. Ernst Piper und Sascha Nicoletta Simon für die Risikobereitschaft.

Die Recherchen für diesen Roman beruhen in erster Linie auf langen Aufenthalten in der Welt, die Carson in ihren Büchern geschaffen hat. Ohne die beispiellos gründlichen, detailreichen wie einfühlsamen Biografien von Virginia Spencer Carr, Josyane Savigneau und Jacques Tournier wäre er dennoch nicht möglich gewesen. Danke!

Ein besonderer Dank geht an Janet Brignal.

1. Auflage 2016

Umschlagfoto: FPG/Staff, Getty Images
Umschlaggestaltung: Lisa Neuhalfen, moretypes, Berlin
Satz: Birgit Cirksena · Satzfein, Berlin
Druck und Bindung: GGP Media GmbH, Pößneck
ISBN 978-3-86915-131-1

www.ebersbach-simon.de